W0298826

Jonas Gardell

Ein Komiker wächst heran

Aus dem Schwedischen
von Amelie Fichte

Kiepenheuer & Witsch

1. Auflage 2003

Titel der Originalausgabe: EN KOMIKERS UPPVÄXT
© 1992 by Jonas Gardell
Aus dem Schwedischen von Amelie Fichte
© 2003 by Verlag Kiepenheuer & Witsch, Köln
Alle Rechte vorbehalten. Kein Teil des Werkes
darf in irgendeiner Form (durch Fotografie, Mikrofilm
oder ein anderes Verfahren) ohne schriftliche
Genehmigung des Verlages reproduziert oder unter
Verwendung elektronischer Systeme verarbeitet,
vervielfältigt oder verbreitet werden.
Umschlaggestaltung: Barbara Thoben, Köln
Umschlagfoto: © getty images
Gesetzt aus der Garamond Stempel
Satz: Kalle Giese, Overath
Druck und Bindearbeiten: Clausen & Bosse, Leck
ISBN 3-462-03329-8

1

Alles, was du an dir hasst – verzeihe dir selbst.
Alles, was du an dir liebst – verzeihe dir selbst.
Alles, wofür du dich schämst.
Alles, auf das du stolz bist.
Alles, was du verstecken möchtest.
Alles, was du vorzeigen möchtest.
Alles, was nicht so geworden ist wie gedacht.
Alles, was du bist.
Alles, was du hättest sein wollen.

Verzeihe dir selbst.

2

Am Anfang wanderte der Mensch auf dem Mond.

Nixon und Sträng regierten die Welt. Väter arbeiteten ganztags und Mütter halbtags. Man sollte an die Kinder in Biafra denken und essen, was auf den Tisch kam. Es gab die reichen Kinder in den Industrieländern und die armen Kinder in den Entwicklungsländern, aber wenn die reichen den armen Kindern etwas abgäben, dann würde sofort alles besser.

Auf dem Papiertütchen der Lutherhilfe standen verschiedene Beispiele dafür, wie wenig es bedurfte, um etwas Gutes zu tun: »8 Kronen reichten für eine warme Decke. 20 Kronen reichten für ein Glas Milch für 125 Kinder. 300 Kronen reichten für ein einfaches Haus. 1000 Kronen reichten, damit eine ganze Familie neu anfangen konnte – Vieh, Boden, Arbeitsgerät, Schulausbildung und ärztliche Versorgung.«

Es war tröstlich, das zu wissen.

In allen Bereichen wurde es immer besser, Schweden war das reichste Land der Welt, und das alles war ein Teil von Gottes Plan.

Das war die Welt, in die Juha Lindström hineingeboren wurde und in der er aufwuchs.

3

Eines Nachts – er war sieben Jahre alt und ging in die erste Klasse – wurde Juha von Ritva geweckt.

Alles war seltsam. Es war mitten in der Nacht, und trotzdem waren alle wach. Kerzen brannten auf den Regalen und Fensterbänken. Bengt und Ritva hatten Krabben gegessen und Wein getrunken. Das Radio lief. Der Nachbar rannte mit einem lächerlichen Papierhut auf dem Kopf durch seinen Garten und zündete Raketen an.

Der ganze Himmel war vom Feuerwerk erleuchtet. Die Welt war wie verwandelt. Dies war sein gewöhnliches Zuhause, und gleichzeitig auch nicht. Die Nacht veränderte alles. Schatten flackerten, und Mama und Papa küssten sich.

Juha stand am Fenster und schaute sich das Feuerwerk an. Er trug einen Schlafanzug und war barfuß, aber Ritva umarmte ihn, so dass er eigentlich nicht fror. Die Raketen explodierten in einen funkelnden Regen aus roten und grünen Sternen, doch am deutlichsten wird Juha sich daran erinnern, dass Ritva wirklich froh und hoffnungsvoll schien. Sie hielt ihn an sich gedrückt und summte. Manchmal rief sie verzückt, wenn eine besonders schöne Rakete zu sehen war.

– Frohes neues Jahr, mein Schatz, flüsterte sie ihm ins Ohr, jetzt haben wir 1970, ein neues Jahrzehnt.

– Pass bloß auf, lachte Bengt und strich Juha über den Kopf, jetzt bist du noch ein Kind, aber wenn die 70er Jahre vorbei sind, dann bist du erwachsen. Wäre Juha älter gewesen, hätte er verstanden, was Papa meinte, dann hätte er vielleicht Angst bekommen, aber jetzt fand er, dass das ganz fantastisch klang: Er würde ja noch ewig ein Kind bleiben.

Auf dem Teller lagen mehrere Remi.

Juha durfte so viele nehmen, wie er wollte. Dieses war in der Tat eine verzauberte Nacht.

Das Leckerste, das Juha kannte, war Remi. Remi-Schokoladenkekse mit Pfefferminzfüllung. Eine Schachtel mit zwölf Stück kostete drei Kronen. Genau drei Kronen betrug auch Juhas wöchentliches Taschengeld. Zwölf Kekse aß man in zehn Minuten.

Genau drei Kronen kostete die Vormittagsvorstellung im Kino von Täby Centrum. »Tarzan und die blaue Göttin«, »Walt Disneys Oscarfestival«, »Der Habicht« und »Käpt'n Blut«.

Alles war so genau berechnet. Genau drei Kronen. Wie konnte man an der Existenz Gottes zweifeln, wo sein Plan doch alles durchstrahlte?

Ritvas Körper fühlte sich warm an. Wenn er sich gegen sie lehnte, reichte er genau an ihre großen, weichen Brüste.

Der letzte Remi schmolz in seinem Mund. Jetzt konnte er die Augen schließen und schlafen – in jenem Augenblick, kurz bevor die Welt sich bewegte, sich bewegte und erwachte.

4

Winterabend in der Vorstadt. Der Himmel färbt sich dunkelblau über den Wäldern, über den Villen und den Reihenhäusern. Der Weltraum drängt sich auf von hier bis in die Ewigkeit. Ein Satellit bewegt sich in seiner Bahn über den Sternenhimmel. Im Süden ist der Horizont rosa. Stockholm erleuchtet die Nacht. Wenn man ganz leise ist, ist sogar das weit entfernte Brummen der vielen Autos zu hören.

Aber hier ist es fast wie auf dem Land. Zwischen den Bäumen kann man hinabsehen auf die Einfamilienhäuser. Warm und anheimelnd scheint das Licht durch die Fenster, und in einigen Gärten hängen Lichterketten in den frosterstarrten Apfelbäumen. Der Schnee liegt dick und unberührt auf der Erde.

Juha ist elf Jahre alt, fast zwölf. Er hat sich in einer Lichtung des Waldes auf die Erde gelegt und rudert mit Armen und Beinen. Obwohl er direkt im Schnee liegt, fühlt er sich warm und trocken, er hat dicke Kleider an. Die Mütze juckt auf dem Kopf. Seine Nase läuft. Die Rotze wischt er mit dem Fausthandschuh weg, der steif ist vom Schnee. Durch das kahle Geäst sieht er die Sterne. Sie spiegeln sich in seinen Augen.

Er macht einen Schneeengel.

Doch als Juha sich aufrichtet und den Schnee aus den Kleidern klopft, betrachtet er sein Werk und stellt enttäuscht fest, dass es in keiner Weise einem Engel gleicht.

Nein, das sieht nicht aus wie ein Engel. Eher wie ein Abklatsch von einem Engel. Wie ein Engel, der auf die Erde aufgeschlagen ist. Dann hat er sich erhoben, ist fortgegangen, um in der Nähe auf seine Zeit zu warten.

Gerade als er sich das überlegt hat, hört Juha ein Geräusch aus dem Wald. Er zuckt zusammen.

Hat dort nicht ein Zweig geknackt? Im selben Augenblick weiß er, dass ein Zweig geknackt hat, und zwar weil jemand darauf getreten ist.

Hört er nicht etwas rascheln, etwas, das sich bewegt, etwas, das atmet?

Bei diesen Gedanken hört er deutlich das grässliche Knirschen von etwas Unbekanntem. Er hält sich dort hinter den Bäumen versteckt, er hört etwas, das sich bewegt, etwas, das schwer atmet.

Einen Engel, der auf die Erde aufgeschlagen, aufgestanden und weggegangen ist.

Juha reißt die Augen auf und versucht, durch das Dunkel zu sehen.

– Ist da jemand?, ruft er und bekommt Angst, als niemand antwortet.

Jetzt ist es vollkommen still.

Viel zu still.

Es ist, als würde ihn jemand ansehen, jemand, der sich hinter den Bäumen versteckt. Jemand, den er nicht sehen kann, der ihn aber sieht.

Jemand, der lacht.

Mit blitzenden Zähnen und glitzernden Augen.

Jemand mit Krallen.

Juha kann nichts tun. Der Engel bekommt Reißzähne, Krallen und gemeine Augen.

Während er den Gedanken denkt, wachsen dem Engel Reißzähne und Krallen, und seine Augen beginnen zu glühen wie heiße Kohlen. Juha kann nichts dagegen tun. Er versucht sich vorzustellen, dass der Engel gütig und freundlich ist, aber es ist zu spät – er kommt schon näher.

Niemals zuvor hatte Juha Angst davor, alleine im Wald hinter dem Haus zu spielen, doch jetzt überwältigt ihn die Furcht, und er läuft los.

Er weiß, dass er verloren ist, wenn er läuft, dass er die Angst nur dann besiegt, wenn er still und ruhig fortgeht, ohne sich zu beeilen, und dennoch läuft er, und das Grauen greift nach ihm wie ein Raubvogel nach seiner Beute.

Er röchelt, seine Nase läuft, er stolpert in dem tiefen Schnee, und der Engel oder Teufel oder was es auch sein mag, das ihn verfolgt, holt auf. Er hört drohend schlagende Flügel. Er schaut sich um und sieht Augen wie glühende Kohlen, ausgefahrene Krallen, die nach ihm greifen, und er schreit.

Und als er schreit, stolpert er, und als er stolpert, fällt er.

Er fällt und fällt und fällt.

Denn alles fällt.

Früher oder später fällt alles.

– Mama, Mama, ich hab einen Schneeengel gemacht!

– Du hast deiner Mutter graue Haare beschert, das hast du gemacht. Junger Mann, hast du eine Ahnung, wie spät es ist?

Als Juha an diesem Abend ins Bett geht, zieht er sorgfältig das Rollo hinunter. Irgendwo dort draußen in der Dunkelheit wartet der Engel auf ihn, wartet, dass seine Zeit kommt.

Irgendwo in der Nähe gibt es einen Engel, der auf einer winterlichen Lichtung im Wald entstanden ist. Juha hat ihn heraufbeschworen.

Er sucht das Buch über Kajsa Kavat hervor und liest das Abendgebet: »Ein Engel geht um unser Haus, zwei goldene Lichter in den Händen …«

Ein verletzter Engel. Ein Engel, der wütend geworden ist. Juha ist selbst schuld. Man sollte niemals etwas heraufbeschwören, das man nicht beherrschen kann, denn man muss immer Rechenschaft ablegen.

Während Juha versucht einzuschlafen, redet er sich immer wieder ein, dass der Engel gut ist, doch Juha weiß nicht, ob er ihm gut oder böse gesinnt ist. Dass es sowohl gute als auch böse Engel gibt, das weiß er.

Die bösen, das sind die gefallenen. Engel, die gefallen sind.

Ist das nicht ungerecht? Wo doch sowieso alles fällt. Früher oder später fällt alles.

5

Es ist Morgen. Ich stehe auf, koche Kräutertee, setze mich an den Arbeitstisch und schreibe.

Übe Gesichter, pauke Spontaneitäten. Neues Material, neue Witze. Viel Hetze und keine Ruhe.

Was habe ich im Leben erreicht?

Ich arbeite und arbeite und arbeite.

Was will ich erreichen? Einen Platz in der Show »Gäste und Gesten«?

Trinke Kräutertee, um Gott gnädig zu stimmen.

Mache Morgengymnastik, um nicht fett und schlaff zu werden.

Habe aufgehört zu rauchen, um dem Tod zu entgehen.

Arbeite, arbeite, arbeite.

Als ich klein war, träumte ich davon, auf der Bühne zu stehen. Erinnerst du dich an all die Sketche, die ich aufgeführt habe? Ich habe auch viele Lieder geschrieben. Aber die habe ich nie aufgeführt.

Meine Lieder handeln meistens von Gott und vom Tod, aber solche Dinge konnte man den Klassenkameraden in der »Lustigen Stunde« wohl kaum anbieten.

Als ich klein war, habe ich viel über Gott und den Tod nachgedacht.

Aber ich bin nicht gestorben. Ich habe erschreckend viel gelebt.

Im Fernsehen lief »Die Erben« und »Die Onedinlinie« und »Halb Sieben« mit Lasse Widding und Lennart Swahn und der göttlich schönen Karin Falck. (Ich war verliebt in Karin Falck.)

Mittwochabends Schulorchester und dienstags und donnerstags Fußballtraining.

Und es gab Griesbrei und Fischstäbchen, arme Ritter und Pfannkuchen, Blutwurst und Spaghetti mit Fleischwurst. Sonntags gab es karelische Piroggen mit Eibutter und Hähnchen in Sahnesauce, und das Eis zum Nachtisch wurde mit dem Lineal abgemessen, damit alle auf den Millimeter genau gleich viel bekamen.

Die Tage waren bunte Plastikperlen, die man auf einer Schnur zu einer Kette fädelte, und die Kette sollte lang werden, mehrere Male um die Erde sollte sie reichen, und die Perlen durften niemals ausgehen. Eine meiner deutlichsten Kindheitserinnerungen: Ich bin in der Schule. Es ist Pause. Ich drücke die Nase gegen die Fensterscheibe. Ich sehe unten auf dem Schulhof die anderen Kinder spielen. Ich höre kaum, was sie einander zurufen, sie sind wie in einer anderen Welt. Ich hauche gegen das Glas und schreibe wieder und wieder meinen Namen auf die beschlagene Scheibe: Juha Lindström.

Versuche zu verstehen, dass ich das bin.

Ich kümmere mich nicht um die da unten auf dem Hof oder darum, dass ich nicht dabei sein darf.

Denn plötzlich erschaffe ich dort auf dem Flur ein Theater: Dort ist die Bühne, da der Zuschauerraum, dort das Licht, da drüben ist das Publikum, und hier bin ich!

Eins kann ich von mir behaupten. Ich hatte Träume in der Hand.

Sie sind nackt und haben gezittert wie frisch geschlüpfte Küken, ganz anders, als ich geglaubt hatte.

Es werden immer neue Träume geboren. Die Sehnsucht ist mir immer einen Schritt voraus, verspottet mich wieder und wieder. Es ist nicht an der Zeit, aufzuhören, sondern weiterzumachen.

Also mache ich weiter.

Arbeite, arbeite, arbeite. Trinke Kräutertee, mache Liegestütze, verzichte auf Zigaretten.

Wache morgens neugierig auf. Bin jetzt erwachsen. Noch fädele ich bunte Perlen auf. Die Kette ist schon lang, aber sie soll noch länger werden.

Unendlich lang soll die Kette werden und mehrere Male um die Erde reichen.

Als ich klein war, entdeckte ich, dass ich zaubern konnte. Alle Dinge, von denen ich träumte, konnte ich hervorzaubern. All meine Fantasien wurden Wirklichkeit.

Und die Jahre vergingen, und nun bin ich hier.

Während ich in der Garderobe auf meinen Auftritt warte, laufe ich manchmal hin und her wie ein eingesperrtes, unglückliches Tier. Dann und wann schlage ich gegen die Wände und schreie. Bald muss es raus. Bald muss es hier raus.

Das Theater ist bis zum letzten Platz gefüllt, genau wie es sein soll. Ich höre das Publikum murmeln.

Ein Mikrofon, mehr nicht. Groß und leer erwartet mich die Bühne. Die Beleuchtung erwartet mich. Der Spot erwartet mich. Ich werde geholt. Es ist Zeit. Das Licht im Zuschauerraum wird gedämpft, das Publikum verstummt. Still betrete ich die Bühne, stelle in aller Ruhe meine Requisiten auf dem Boden ab, trete ans Mikrofon, atme ein – hierauf habe ich mich monatelang und jahrelang vorbereitet, hierfür habe ich mich gequält und geängstigt, hier stehe ich nun und kann nichts anderes – und dann explodiere ich.

Die Welt explodiert.

Es ist Zeit für die Reise zum Mond und wieder zurück.

In der folgenden Nacht schlafe ich unruhig. Mir ist übel, und ich habe Magenschmerzen. Ich rufe jammernd nach Gott, dass er mir meinen Hochmut verzeihen möge, aber ich weiß nicht, ob ein Hochmut wie der meine zu verzeihen ist.

Was begehre ich?

Die Macht des Himmels und der Erde.

Alles.

6

Der Morgen ist die beste Zeit des Tages, findet Juha. Seiner Mutter ist das unheimlich. Sie fragt sich, was sie mit ihrer Erziehung falsch gemacht hat.

Jeden Morgen steht Juha um fünf oder sechs auf. Dann schleicht er barfuß über den Linoleumboden, und das Linoleum ist kühl. Im Wohnzimmer liegt Parkett, und wenn Juha im Sommer morgens aufsteht, hat die Sonne schon einen Teil des gewachsten Holzes angewärmt, und auf diesem warmen Fleck kann er sich wie ein Embryo zusammenkauern und wieder einschlafen.

Das Allerbeste ist, dass es morgens so still ist. Die Deckenlampen schaukeln noch nicht, die Möbel stehen noch still, das Radio brüllt nicht, seine kleine Schwester schreit noch nicht nach Aufmerksamkeit, seine Mama und sein Papa schreien, seufzen, stöhnen, ächzen, streiten und klagen noch nicht und haben den Tag noch nicht verdorben.

Wenn Juhas Mama morgens die Küche betritt, ist es sieben Uhr. Um diese Zeit ist Juha schon seit zwei Stunden wach.

– Guten Morgen, sagt Juha.

– Anna mun kaikki kestää!, faucht Juhas Mama.

Das ist Finnisch und bedeutet: Gibt mir die Kraft, das zu ertragen!

Juhas Mama ist aus Finnland.

Morgens möchte sie am liebsten sterben.

Ohne Juha eines Blickes zu würdigen, macht sie die Kaffeemaschine an. Die Kaffeemaschine beginnt zu brodeln. Ritva lehnt sich gegen die Spüle und fragt sich, warum sie lebt.

Der säuerliche Geruch des Küchenlappens steigt ihr in die

Nase, und ihr Magen zieht sich zusammen. Sie stützt sich auf die Spüle und kneift die Augen zusammen.

Ein fettiger, fettiger Küchenlappen.

Ein schmieriger, schmieriger Herd.

Unter der Fußsohle fühlt sie etwas Kaltes, Klebriges, eine Nudel vom gestrigen Abendessen.

– Anna mun kaikki kestää, murmelt sie, dieses Mal noch erschöpfter, und wischt sich die Nudel mit einem Stück Küchenpapier vom Fuß.

Juha isst gezuckerte Cornflakes und liest »Das Phantom«.

Der Kaffee ist fertig. Ritva kommt in Gang. Sie holt Marmelade, Kaviarcreme, Butter und Ziegenkäse aus dem Kühlschrank. Deckel ab und rauf auf den Tisch. Das geht schnell. Messer und Käsehobel werden hinterhergeworfen, Gläser und Tassen ebenfalls. Die Dose mit dem Knäckebrot lässt sie mit einem Scheppern auf den Tisch fallen, das Weißbrot schlägt sie ein paarmal gegen die Spüle, um zu prüfen, wie alt es ist.

– Das Frühstück ist fertig!, schreit sie laut wie immer, um das Radio zu übertönen. Im Radio folgt ein Witz auf den anderen. Die Sendung heißt »Witze ohne Unterlass«.

Juhas Papa kommt in Unterhose herein. Eins seiner Eier hängt heraus.

Juhas Mama seufzt und schaut aus dem Fenster, um nicht hinsehen zu müssen. Es sieht aus, als träumte sie.

Wovon träumt sie?

Von einem Morgen, bloß einem einzigen, ohne diesen behaarten Sack zum Frühstück.

Das glaubt jedenfalls Juha. Er konzentriert sich auf »Das Phantom«, um nicht Papas grässlichen Sack sehen zu müssen.

Niemand sagt etwas.

Juha liest die Zeitung.

Juhas Mama starrt aus dem Fenster.

Juhas Papa kratzt sich die Brust.

Juhas Mama massiert sich die Füße.

Marianne ist Juhas kleine Schwester. Sie ist sechs Jahre alt. Marianne leckt zuerst die Marmelade vom Brot, dann leckt sie die Butter ab, dann verlangt sie eine neue Scheibe.

Ritva schmiert ihr sofort eine neue Scheibe.

– Zum Teufel, nochmal!, schimpft Bengt. Wieso gibst du dem Kind eine neue, wenn es die alte noch nicht mal aufgegessen hat?

Dann fangen die Eltern an zu streiten, während Juha »Das Phantom« liest und Marianne zufrieden die Marmelade von der neuen Scheibe leckt.

Bengt schreit, dass er morgens einfach nur in Ruhe die Zeitung lesen will. Ritva schreit, dass er ihretwegen machen kann, was er will, aber er soll seine ekelhaften behaarten Eier in die Hose stecken. Bengt schreit, dass Ritva nicht ganz dicht ist. Ritva schreit: Das musst du gerade sagen!

So geht es weiter. Wegen der Kinder bleiben sie zusammen.

Die Kinder brauchen Geborgenheit, die nur eine Mama und ein Papa gemeinsam geben können. Marianne nimmt auch ein Phantom-Heft aus der Comicschublade.

Juha nimmt es ihr sofort ab.

– Das hab ich noch nicht gelesen!, schreit Juha.

– Mama, sagt ihm, er soll es mir geben, schreit Marianne.

Morgens wird viel geschrien bei Familie Lindström.

Im Radio kommt ein Witz nach dem anderen. Die Sendung heißt »Witze ohne Unterlass«. Keiner lacht darüber.

Kurz nach acht klingelt es an der Tür. Es ist Juhas Klassenkameradin Jenny.

Ritva und Bengt streiten weiter.

– Willst du weiterschreien, obwohl Juhas Freundin hier ist?, schreit Ritva.

– Was zum Teufel macht dieses Kind hier so früh am Morgen?, schreit Bengt.

– Anna mun kaikki kestää!, schreit Ritva. Du weißt doch, dass sie jeden Morgen kommt und dass sie zusammen zur Schule gehen.

– Sie kann doch wohl draußen warten!, schimpft Bengt.

– Ach so, ja, das kann sie wohl, schimpft Ritva zurück. Jetzt dürfen unsere Kinder wohl auch keine Freunde mehr haben, das ist ja nett!

– Was?, schreit Bengt.

– Nett!, schreit Ritva. Das ist ja nett!

Sie dreht sich zu Jenny um.

– Kümmer dich nicht um ihn! Kümmer dich nicht um ihn! Möchtest du ein Brot?

Ohne auf eine Antwort zu warten, schmiert Ritva ein Brot für Jenny.

– Übrigens, kannst du Marianne vom Kindergarten abholen?

– Nö!, antwortet Bengt. Das kannst du selber machen.

– Heute ist Vorstandssitzung im Heim- und Schulverein.

– Nicht mein Problem.

Darauf zerdrückt Ritva Jennys Butterbrot in der Hand. Ihre Knöchel werden weiß. Die Aprikosenmarmelade läuft ihr an der Hand herunter.

– Ich hab zwar kein Leben, zischt sie, aber ich bin Stellvertreterin im Vorstand des Heim- und Schulvereins, und das werde ich auch bleiben.

Juha liest »Das Phantom«. Marianne liest »Das Phantom«. Jenny liest »Das Phantom«. Die Deckenlampen schaukeln, die Möbel rotieren, das Radio brüllt, und die Eltern schreien wie immer, sie seufzen, stöhnen, ächzen, streiten und klagen und verderben den Tag.

Es ist ein ganz normaler Morgen bei Familie Lindström.

7

Vielleicht kann man die Familie Lindström am besten beschreiben, indem man von ihren Türen berichtet.

Bei der Familie Lindström ist es Sitte, die Türen zuzuschlagen, wenn man wütend ist.

Bei jedem Mittagessen hat einer von ihnen einen Grund, sich aufzuregen und zu schreien, jemand, der das Recht für sich beansprucht, mit Tränen in den Augen von seinem Platz zu stürmen – und die Tür hinter sich zuzuschlagen, damit alle anderen verstehen, wie schlecht sie sich benommen haben, wie gemein und ungerecht sie waren.

Türen sind gut. Sie knallen hörbar. Man sollte niemals den dramatischen Effekt einer zuschlagenden Tür unterschätzen.

Und außerdem: Eine geschlossene Tür ist eine geschlossene Tür.

Der einzige Nachteil ist, dass Türen nicht alles aushalten. Früher oder später gehen sie kaputt.

Eine Tür nach der anderen ist bei Familie Lindström gefallen, gefallen wie umgesägte Bäume.

Und wenn wieder mal eine Türe kaputtgegangen ist, wird sie in die Garage getragen und durch einen geblümten Marimekko-Vorhang ersetzt.

Leider knallen Marimekko-Vorhänge überhaupt nicht. Meist flattern sie auf eine unspezifische und sanfte Weise.

Um den Griff der Küchentür hat Ritva ein Schaumgummikissen gebunden, damit das Loch im Kühlschrank nicht noch größer wird, als es ohnehin schon ist – so wie sie immer die Küchentür aufwerfen.

Im Flur haben sie eine Glastür, oder besser gesagt, sie hatten eine Glastür. Irgendwann hatte Bengt keine Lust mehr, immer wieder neue Glasscheiben einzusetzen. Sie würde ja doch bald wieder kaputtgehen.

Die Haustür ist ein Problem. Sie ist aus einem anderen Holz als die restlichen Türen. Sie knallt nicht, wenn man sie zuschlägt. Sie fliegt wieder auf, und das ist unerhört demütigend für den rechtmäßig Aufgebrachten, dessen Abgang dadurch zerstört wurde, dass er umkehren muss, um die Tür erneut zu schließen.

Jaja, so ist das.

Sie zogen ein in ein neu gebautes braun verklinkertes Einfamilienhaus mit eineinhalb Stockwerken und begannen sofort mit großem Eifer und so gut sie konnten, das Haus niederzureißen, gleichzeitig schrien die Familienmitglieder ununterbrochen: DENKT AN DIE NACHBARN!

Sie leben mit Schrammen im Parkett, Spinnweben in den Ecken, Mäusen und Kohlmeisen auf dem Dachboden, und in der Garage stehen die Türen an die Wand gelehnt und warten darauf, von dem geschickten Vater mit seinem männlichen Werkzeugkasten repariert zu werden.

Und dort bleiben sie dann, die Türen.

8

Im Hobbyraum wohnt das Zwergkaninchen der Familie.

Das Kaninchen heißt Plups.

Sie nennen es Pups.

Es beißt die Kinder, wenn sie versuchen, es zu streicheln.

Man hat so viel Freude an einem Zwergkaninchen. Überall kackt es hin, und es beißt die Kinder. Und außerdem nagt es Löcher in die Wände. Pups mag Wände.

Als sie viele Jahre später das Haus verkaufen, müssen sie Poster aufhängen, um all die Löcher zu verstecken. Wenn die Makler kommen, um sich das Haus anzusehen, trällern sie ein Liedchen.

»Trallalalala – hier sind keine Löcher – trallalalala.«

Doch die Makler entdecken trotzdem jedes Mal die Löcher, und dann muss die ganze Familie rufen: Huch, ist dort etwa ein Loch?

– Juha, wusstest du, dass da ein Loch ist?, wird Bengt streng fragen.

– Nein, das wusste ich wirklich nicht, Papa!, wird Juha antworten.

– Marianne, wusstest du, dass da ein Loch ist?, wird Bengt dann fragen.

– Ist da ein Loch?

Die ganze Familie wird in Reih und Glied stehen, um zu bezeugen, dass niemand geahnt hat, dass dort hinter dem Poster ein Loch ist, und damit haben sie alle auf einmal ihren Platz im Himmel verloren.

Aber das wird erst in einigen Jahren passieren. Noch nagt Pups glücklich an den Wänden und ahnt nicht, dass Papa

Bengt schon in einigen Monaten einen Termin zum Einschläfern beim Verein der Tierfreunde vereinbaren wird. Die ganze Familie wird applaudieren, wenn das Kaninchen endlich verschwindet.

Nicht mal Marianne wird um Pups trauern, dabei war sie es, die ihn zum Geburtstag bekommen hat.

In der Garage liegen übrigens ein Meerschweinchen und ein Vogelkäfig. Der Vogelkäfig ist von dem Kanarienvogel übrig geblieben, der nach einem halben Jahr liebevoller Pflege tot von der Stange fiel. Juha und Marianne hatten sich laufend abgewechselt, das arme Vieh zu jagen, um es zu zähmen.

Im Zusammenhang mit den Meerschweinchen machte die Familie erstmals Bekanntschaft mit dem Verein der Tierfreunde.

Ritva hatte geglaubt, dass der Verein der Tierfreunde eine Art Tierheim sei, und nahm die Kinder mit, als sie Snitten, Snatten und Snutten fortbrachte. Die Kinder sollten sehen, wie gut Snitten, Snatten und Snutten es über den Sommer haben würden, während die Familie im Urlaub war.

– Wollt ihr zuschauen, wie wir sie einschläfern?, fragte die nette Tante vom Verein der Tierfreunde und öffnete den Deckel des großen Kastens, in dem Snitten, Snatten und Snutten vergast werden sollten.

Juha und Marianne weinten noch mehrere Tage. Snitten, Snatten und Snutten wurden lange betrauert.

Pups hingegen wird niemals betrauert werden.

Ein weiterer leerer Käfig in der Sammlung. Das ist alles.

9

Ich stehe gerne auf der Bühne, doch Tourneen sind langweilig. Man ist so alleine. Man reist alleine, schläft alleine, isst alleine. Vor der Show muss man sich konzentrieren, und nach der Show ist man zu müde, um Leute zu treffen.

Schwedens Restaurants sind unbeschreiblich leer. Aus den Lautsprechern säuselt »Bridge over troubled water«. Unten auf der Straße springt die Ampel auf Rot, und dann wieder auf Grün. Ich bin alleine im Restaurant bis auf zwei junge Männer, die ihre Mahlzeit mit einer Tasse Kaffee beenden.

»Ein Freund von mir hat erzählt, dass in Stockholm ein Mann in einen U-Bahn-Wagen gestürzt ist und mit einer Maschinenpistole um sich geschossen hat!«, sagt der Erste.

»Echt?«, fragt der andere. »Mit scharfer Munition?«

»Klar, in Stockholm würde ich freiwillig nicht wohnen.«

Der Kellner sagt nicht »bitte schön«, als er das Essen aufträgt.

»Danke«, sage ich.

Um eine Stimme zu hören.

Die Pizza schmeckt nach Pizza. Aus dem Lautsprecher säuselt »Memories«. Ich kaue. Die Ampel rot und wieder grün. »All alone in the moonlight«. Kein Mensch auf der Straße.

Der Kellner fragt nicht »Hat es geschmeckt?«, als er den Teller abräumt.

Er sagt gar nichts.

»Danke«, sage ich, um eine Stimme zu hören, »kann ich bitte die Rechnung bekommen?«

Die jungen Männer haben ihren Kaffee ausgetrunken und sind gegangen. Die Ampel wird grün und dann wieder rot.

Der Kellner kommt nicht mit der Rechnung. Der Kassettenrekorder ist verstummt. Ich gehe an die Bar und bezahle.

Die Pizza kostet neunundfünfzig Kronen, das Leitungswasser fünf.

»Nehmt ihr Geld für das Leitungswasser?«, frage ich.

»Ja«, antwortet der Kellner.

Ich bedanke mich nicht, als ich gehe.

Das Hotelzimmer ist wie alle schwedischen Hotelzimmer der mittleren Preisklasse hermetisch abgeschlossen und geräuschisoliert.

Die Vorhänge, das Bett, die Bettdecke, der Sessel und das Sofa sind lachsfarben. Alle Holzflächen sind rosa lackiert. MTV tröstet in der Nacht. Es ist halb elf. Dreizehn Stunden lang werde ich alleine im Hotelzimmer sein.

Ich rufe meinen Anrufbeantworter an.

»Ich bin leider nicht zu Hause, aber wenn du nach dem zweiten Piepton eine Nachricht auf Band sprichst, rufe ich bei Gelegenheit zurück.«

Nur um meine Stimme zu hören.

10

Es ist Sonntag, und Bengt ist damit beschäftigt, die neue Sonnenuhr aufzustellen.

Kein Garten in Sävbyholm ist so unansehnlich, dass nicht auch noch eine Sonnenuhr hineinpasste. Sogar an Stellen, wo die Sonne niemals hinkommt, stehen sie – die Sonnenuhren.

In Sävbyholm gibt es mehr Sonnenuhren als glückliche Menschen.

Sonntags hat Bengt Zeit, um über die Familie zu verfügen, sich um das Haus zu kümmern und im Garten herumzuwühlen. Man lebt für die Wochenenden.

– Yessir! Dafür und für den Urlaub.

Man kann Gift darauf nehmen, dass es in den Ferien regnet.

– Yessir! Aber was soll's, man lebt ja nur einmal, und was macht das schon in hundert Jahren, und Weihnachten ist nur einmal im Jahr, oder wie sagt man?

Wie sagt man?

Bengt schaut auf die Uhr, blinzelt in die Sonne und dreht die schwere Sonnenuhr, damit sie die richtige Zeit anzeigt.

Als der Schatten endlich fällt, wie er soll, lässt er die Sonnenuhr los, und sie kippt sofort um.

– Verdammte ..., stöhnt Bengt und stellt sie wieder auf. Als er sich mit der Hand den Schweiß von der Stirn wischt, fällt die Sonnenuhr sofort wieder um.

Bengt lacht fröhlich.

Nein, tut er nicht. Er flucht.

Er schreit Zeter und Mordio.

Man kann eine Sonnenuhr nicht ermorden.

Die Sonnenuhren werden sie alle überleben.

Wenn sie alle schon fort sind, werden die Sonnenuhren dort stehen, wo einst die Vorgärten gewesen sind. Lange nachdem alle Digitaluhren geschmolzen und alle mechanischen Uhren verrostet sind, werden die Sonnenuhren übrig bleiben, um von den primitiven Versuchen der Menschen zu zeugen, die Zeit zu bewältigen.

Zitternd vor Anstrengung und mit geschwollenen Adern auf der Stirn stellt Bengt die Sonnenuhr noch einmal auf. Gleichzeitig verschwindet die Sonne hinter den Wolken, und die ersten Regentropfen treffen Bengts Gesicht.

– Nein, jetzt geb ich's auf, stöhnt Bengt leise, dieses Scheißgrundstück ist abschüssig. Deshalb bleibt sie einfach nicht stehen. Was zum Teufel soll man überhaupt mit einer Sonnenuhr? Das ist doch Quatsch. Außerdem regnet es ja sowieso ständig in diesem beschissenen Land. Die Sozis sind schuld. Das Grundstück ist abschüssig, und danken tut es einem ja auch niemand. Geplärr und Gemecker von morgens bis abends. Und wonach sehnt man sich? Ein bisschen Wärme, ein bisschen Freundlichkeit und ein Hauch von Respekt. Aber nein! Nein, nein, nein! So schön wollen wir es ja nicht haben. Sogar die Kinder schreien einen an. Wenn wir unseren Vater so angeschrien hätten. Was hätten wir für Prügel bekommen. Wehe uns! Man ist zu nett gewesen. Zu nett und zu schlaff. Das ist alles.

Er wischt sich die Nase mit dem Handrücken ab. Er hat es wirklich fürchterlich schwer, aber das interessiert niemanden.

Auf dem gut gepflegten Nachbargrundstück steht der Nachbar und sprengt mit einem Schlauch den Rasen, während seine wohlerzogenen Kinder die zusammengeharkten Äste der beschnittenen Weide forttragen. Jetzt schließt der Nachbar den Schlauch an einen Rasensprenger an, geht zum Zaun und ruft mit ärgerlicher Stimme zu Bengt:

– Hör zu, Lindström, meckert er, warum jätest du nicht endlich deinen Löwenzahn!

Bevor Bengt antworten kann, fährt er fort:

– Dein Löwenzahn vermehrt sich auf unserem Rasen. Wozu pflegt man seinen Rasen und jätet den Löwenzahn, wenn du dich nicht um deinen Löwenzahn kümmerst. Dann kommt unser Löwenzahn ja auch zurück

– Ach so, du hast also Probleme mit dem Löwenzahn, erwidert Bengt und geht auf den Nachbarn am Zaun zu. Ja, Löwenzahn kann wirklich zu einem Problem werden ..., sagt er mit bedeutungsvollem Blick und tritt gegen den Zaun, richtet sich auf und spuckt aus. Ich war in letzter Zeit nicht so auf der Höhe, sagt er, und wartet dann ein wenig ab, bis er hinzusetzt: Das Herz. Liegt in der Familie.

– Heilige Scheiße, stößt der Nachbar aus, tritt gegen den Zaun, kratzt sich an der Brust und spuckt aus. Was Ernstes?

– Soviel ich weiß, nicht. Ich hab da so'n merkwürdiges Zeug vom Doktor bekommen, um es in Schach zu halten.

Triumphierend zieht Bengt aus der Brusttasche seines Hemdes eine Packung Nitroglyzerin und zeigt sie dem Nachbarn, spuckt aus, kratzt sich im Ohr und tritt gegen den Zaun.

– Heilige Scheiße, stößt der Nachbar wieder aus, spuckt und tritt gegen den Zaun, aber können dir die Kinder nicht helfen?

– Ja klar, stottert Bengt, flucht stumm in sich hinein und tritt gegen den Zaun, ich werde sie mal rufen: Juha! Marianne! Kommt doch mal raus!

Aus dem Haus ist kein Laut zu hören.

– Sie kommen wohl gleich, versucht Bengt, lächelt geniert und tritt gegen den Zaun.

– Du, sagt der Nachbar und tritt gegen den Zaun, kann ich

deine Medizin mal genauer anschauen? Mal sehen, ob es die gleiche ist wie meine?

Der Nachbar zieht sein Nitroglyzerin aus der Brusttasche, und sie vergleichen.

– Nein, das ist nicht das Gleiche ... Was nimmst du gegen dein Magengeschwür?

– Weißt du ... ich hab gar kein Magengeschwür – momentan – nur einen Katarrh, und dagegen nehme ich »Novalucid«.

– Scheiße, sagt der Nachbar und tritt gegen den Zaun, kratzt sich an der Hand und spuckt, »Novalucid«, das sind Tropfen, oder?

– Japp!, antwortet Bengt, spuckt, räuspert sich und tritt gegen den Zaun.

– Du hast deine Kinder schlecht im Griff. Sie kommen einfach nicht!

– Mist. Die Latte ist lose.

– Was?

– Muss diese Latte hier reparieren, murmelt Bengt und bückt sich, um sie zu untersuchen.

– Du hast deine Kinder schlecht im Griff, wiederholt der Nachbar.

Bengt richtet sich auf.

– Versteh gar nicht, wo sie bleiben ... Juha! Marianne!

Der Nachbar nutzt seinen Vorteil, um noch eine Stichelei draufzusetzen:

– Und du hast also kein Magengeschwür?

– Tja, was soll ich sagen, schlägt Bengt zurück, die Ärzte meinen ja, dass Katarrh viel schlimmer sein kann als ein Magengeschwür, also ...

– Heilige Scheiße. Ja, dann hab ich wohl auch einen Katarrh.

– JUHA UND MARIANNE! IHR KOMMT JETZT

SOFORT HIERHER!, brüllt Bengt, und seine Stimme überschlägt sich.

– Irgend so ein blödes Problem mit dem Hals, erklärt er und zieht eine Grimasse.

– Und die Kinder überhaupt nicht im Griff, sagt der Nachbar schadenfroh.

– Übrigens, hier hab ich auch Schmerzen, sagt Bengt.

Er zeigt mit ernster Miene lange auf seinen Bauch.

– Hast du das auch?

– Nein, weißt du, ich hab eher hier …

Der Nachbar drückt sich weiter oben auf den Bauch und zieht eine noch schlimmere Grimasse.

– Ich weiß nicht, aber es blubbert und zieht!

– Und ich hab immer Sodbrennen.

– Ja, ich bin froh, wenn ich überhaupt das Essen bei mir behalten kann, kontert der Nachbar, drückt sich hart auf den Bauch und seufzt. Sag mal, was nimmst du nachts?

– Zäpfchen gegen Nierensteine, falls ich in der Nacht einen Anfall bekomme, prahlt Bengt.

– Heilige Scheiße!

– Japp!

– Heilige Scheiße!

Sie sind so gerührt, dass ihnen die Worte fehlen. Das ist so ergreifend. Sie wollen mal richtig ihre Gefühle zum Ausdruck bringen.

Deshalb treten sie beide gegen den Zaun.

Im selben Augenblick kommt Juha aus dem Haus.

– Da bist du ja endlich, Juha, sagt Bengt erleichtert. Juha, wo willst du hin?

– Nirgendwohin.

Ohne zu zögern, geht er an seinem Papa und dem Nachbarn vorbei.

– Bleib aber nicht zu lange weg, antwortet Bengt verwirrt.

Ritva öffnet das Fenster.

– Das Essen ist fertig!, ruft sie. Wie sieht's aus mit der Sonnenuhr?

– Die Alte hat das Essen fertig, ich muss jetzt, murmelt Bengt und geht zum Haus.

– Denk an den Löwenzahn, hörst du, ruft der Nachbar ihm nach, und man muss die ganze Wurzel mit rausziehen, sonst kommt er wieder, der Löwenzahn!

Als beide fortgegangen sind, fallen vier Latten aus dem Zaun und bleiben liegen.

11

Juha hasst es, Schlittschuh zu fahren. Seine Fußgelenke sind zu schwach. Ständig knickt er um.

Außerdem kann er nicht anhalten. Jedes Mal, wenn er anhalten will, muss er gegen die Bande fahren oder sich fallen lassen.

Und wenn er von seinem Papa endlich die Erlaubnis bekommt, das Eis zu verlassen – blau gefroren, mit verstopfter Nase und dem Heulen nahe –, dann kann er die Schlittschuhe nicht ausziehen, weil die Schuhbänder festgefroren sind.

Juha hasst es, Schlittschuh zu fahren.

Jedes Jahr zu Weihnachten schenkt Papa ihm neue Schlittschuhe.

Das ist Teil von Papas Kampagne »Werde der Freund deines Kindes«.

Juhas Papa hat eine merkwürdige Vorstellung davon, was es bedeutet, Vater zu sein.

Juhas Papa bringt es fertig, die Kinder mitten in der Nacht mit einer enormen orangefarbenen Kotzschüssel in der Hand zu wecken.

– Wacht auf, wacht auf!, jammert er.

– Was ist? Was ist los?, fragen Juha und Marianne verschlafen.

– Tja, also mir ist ein bisschen schlecht, also wenn ihr irgendwelche schrecklichen Geräusche aus meinem Zimmer hört, dann braucht ihr keine Angst zu haben, ich muss dann einfach nur KOTZEN!, sagt ihr Papa.

Dann geht er fort und schläft sofort ein, während Juha und Marianne die ganze Nacht wach liegen und auf schreckliche Geräusche lauschen.

Im Winter werden sie von Papa zum Sonntagsausflug gezwungen.

Die ganze Familie rutscht dann auf Langlaufskiern einher, trinkt heißen Kakao aus der Thermoskanne, isst belegte Brote und Apfelsinen, cremt die Lippen mit Labello ein …

Ja, während dieser herrlichen Ausflüge im Winter sind sie alle glücklich, glücklich, glücklich, bekommen eine Lungenentzündung und sterben.

12

Ansonsten fühle ich mich wohl, wenn ich alleine bin. Ich denke gerne nach. Das habe ich schon als Kind gern getan. Am liebsten stelle ich mir die anderen Menschen als Publikum vor. So ist das einfacher. Dann weiß ich, wie ich mich verhalten soll. Hier bin ich, und dort sind sie, wenn du verstehst, was ich meine.

Ganz ähnlich, wie wenn man Briefe wie diesen schreibt.

13

»Solveigs Lebensmittel« gehört Solveig. Solveig ist eine rundliche Dame aus Halland, die entweder lacht oder ihre Messer schärft. Manchmal tut sie beides gleichzeitig. Dann bekommt Juha Angst.

Das Geschäft befindet sich im Erdgeschoss von Solveigs Haus. Solveig selbst wohnt mit ihrer Familie im Stockwerk darüber. Mit ihrer angeblichen Familie, denn man sieht niemals auch nur einen Schatten von ihnen, und niemals hört man, dass sich jemand im oberen Stockwerk bewegt, Musik hört oder sonst ein Geräusch von sich gibt. Vielleicht hat Solveig ihre Familie nur erfunden. Oder vielleicht hat sie ihre Familie mit ihren geschärften Messern getötet und zu Hackfleisch verarbeitet. Man kann Solveig nicht richtig trauen.

Obwohl Solveigs Lebensmittelgeschäft so klein ist wie eine Puppenstube, gibt es dort alles Essbare auf der Welt: Fischstäbchen, gefrorene Hähnchen, Nudeln, Möhren und Buttermilchbrot.

Alles frisch und gesund. Bestellt man Hackfleisch, kann man sogar zuschauen, wie Solveig es durchdreht. Bei Solveig gibt es keine zweitklassigen Ware. Das behauptet zumindest Solveig, während sie lacht und ihre Messer schärft.

– Direkt aus der Bäckerei. Fühl mal, es ist fast noch warm!, informiert Solveig über das Brot, grün besprenkelt mit Schimmelflecken.

– Mit denen ist alles in Ordnung, sagt sie und nimmt Juha die Bananen aus der Hand, die er misstrauisch betastet hat. Bananen sollen eher braun als gelb sein, das weiß doch jedes Kleinkind. Oder, Frau Lindström?

Ritva wird rot und weiß nicht, was sie sagen soll.

Oder, Frau Lindström?, wiederholt Solveig, und Ritva versteht, dass es sich um eine Anklage handelt, und beeilt sich zu rufen:

– Natürlich! Die Bananen sehen wirklich gut aus. Also, wir nehmen gleich das ganze Bündel mit. Kiitos, kiitos.

Hier werden keine zweitklassigen Waren verkauft, ruft Solveig siegessicher und steckt schnell die Bananen in eine Tüte, ein kleines Geschäft wie meines kann sich unzufriedene Kunden nicht leisten, das versteht doch wohl jeder.

Die Wahrheit ist, dass Familie Lindström bei Solveig auf Kredit einkauft. Das ist ein guter Grund, sich mit Solveig gut zu stellen.

Sorgfältig und umständlich schreibt sie von Hand jede Ware in ein schwarzes Notizbuch.

»Vollmilch, 1 Liter, 1,35 ... Hackfleisch, 600 g, 12,60 ...«

Am Monatsende, wenn Ritva bezahlen soll, gibt es jedes Mal Streit zwischen ihr und Solveig. Dann hält Solveig triumphierend ihr schwarzes Notizbuch hoch und ruft:

– Sie brauchen es nur zu kontrollieren, Frau Lindström, hier steht alles fein säuberlich aufgeschrieben!

Ritva wirft dann einen Blick auf die ordentlichen Reihen mit Waren und Preisen, die ihr Solveig unter die Nase hält.

– Ja, ja, aber was beweist das schon? Es ist einfach unmöglich, dass vier Personen so viel essen.

– Beschuldigen Sie mich des Betrugs?, heult Solveig schrill auf, wird hochrot im Gesicht und gibt Geräusche von sich, als hätte sie Atemnot.

– Hab ich nicht gesagt!, verteidigt sich Ritva.

– Hat sie die Frechheit, hat sie also wirklich die Frechheit, hier in meinem Laden zu stehen und zu behaupten, ich würde die Rechnungen fälschen. Nein, ist das denn die Möglichkeit? Ich sag's ja immer, ist das denn die Möglichkeit?, fährt sie fort.

– Anna mun kaikki kestää!, murmelt Ritva und zieht ihr Portemonnaie hervor.

Sie weiß, dass sie nicht die Spur einer Chance hat. Wenn sie jetzt nicht aufgibt, wird Solveig mit ihr zusammen das ganze Notizbuch durchgehen, Seite für Seite, Posten für Posten – wie schon so oft zuvor –, um ihr zu beweisen, dass alles korrekt ist, denn nun steht Solveigs Ehre auf dem Spiel, und es endet ja sowieso jedes Mal damit, dass Ritva bezahlt, also bezahlt sie jetzt, sie bezahlt, sie flucht leise, aber sie bezahlt.

Als die Rechnung beglichen ist, bekommt Solveig wieder gute Laune. Nicht umsonst nennt man mich die sonnige Solveig, pflegt sie zu sagen.

Sie lacht und schärft ihre Messer und bietet Juha einen Bonbon für fünf Öre an.

– Sei nicht so schüchtern, nimm dir ruhig eins!, muntert sie ihn auf und lockt mit dem Bonbonglas in der Hand, nimm lieber zwei – sie sind ja so klein! Juha bedankt sich höflich und nimmt ein Himbeerbonbon, worauf Solveig sofort zu ihrem schwarzen Notizbuch greift und mit einer neuen Seite beginnt:

»1 Himbeerbonbon, 5 Öre«.

Dann schaut sie von ihrem Buch auf und lächelt, beugt sich zu Marianne hinunter und schüttelt lockend das Bonbonglas:

– Bestimmt will deine kleine Schwester auch eins!

14

Was glauben eigentlich seine dummen Eltern? Natürlich würde Juha es schaffen, an diesem Abend auf seine kleine Schwester aufzupassen und rechtzeitig ins Bett zu gehen.

Das Haus ist schließlich das alte sichere Haus, und Juha ist ja wohl auch kein Kleinkind mehr! Es ist ja immerhin über ein Jahr her, dass er Papa zwang, das Porträt von dem alten Mann abzuhängen, dessen Blick einen immer verfolgte, wenn man vorbeiging.

Übrigens war Juha nicht der Einzige, der das Bild schrecklich fand. Viele andere fanden das genauso.

Zumindest Marianne.

Außerdem würde er jetzt sicherlich keine Angst mehr vor dem Porträt haben, denn er ist ja so viel älter geworden. Fast hätte er sich entschlossen, seinem Vater zu sagen, dass das Porträt wieder aufgehängt werden kann.

Denn normalerweise hat Juha keine Angst, das soll niemand behaupten können.

Auch wenn sie keinen Babysitter gefunden haben, können Mama und Papa ruhig zum fünfzigsten Geburtstag fahren und erst spätnachts wiederkommen – ja, auch um elf, um zwölf oder wann sie wollen. Juha macht das schon.

Er wartet ungeduldig darauf, dass sie sich auf den Weg machen. Es dauert eine halbe Ewigkeit, bis sie endlich fertig sind.

Aber schließlich sehen sie auch feiner aus als zuvor. Mama trägt ein weinrotes Seidenkleid mit Unterrock, hat frisch dauergewelltes Haar, lange Handschuhe und rosafarbenen Lippenstift mit Perlmuttglanz. Sie sieht aus wie eine Königin.

Papa ist sogar noch schicker. Er trägt einen schwarzen Smoking, glänzende schwarze Schuhe, und er duftet nach Rasierwasser. Juha wird fast rot, als er seinen Papa anschaut, und sein Herz schlägt laut vor Stolz.

Endlich sind sie so weit und fahren los. Sie steigen in das Auto. Juha steht in Strümpfen auf dem Kiesweg und winkt.

Viel Spaß, tschüs, tschüs, nun fahrt schon los! Ja doch, Juha weiß, dass Mama einen Zettel neben das Telefon gelegt hat, auf dem die Telefonnummer der Leute steht, die sie besuchen. Mindestens tausendmal hat sie das gesagt.

Als das Auto hinter der Kuppe des Hügels verschwunden ist, hört er Papa schalten, danach hört er überhaupt nichts mehr von ihnen.

Der Wind bläst ihm ins Gesicht. Der Schnee ist unvergänglich, die Bäume kahl, und der Abend bricht früh herein. Es ist kalt an den Zehen, wenn man mitten im Februar in Strümpfen auf dem Kiesweg steht. Also geht Juha hinein. Er schließt die Haustür mit einem Knall. Zum ersten Mal ist er der Herr im Haus. In seinem Haus. Es ist still. Stiller als still. So still, dass er selbst so leise wie möglich die Treppe hinauf in den ersten Stock schleicht.

In der Küche ist die Geschirrspülmaschine fertig mit dem Geschirr vom Mittagessen. Als er die Klappe öffnet, schlägt ihm eine Dampfwolke entgegen, die nach Maschinengeschirrmittel riecht. Er räumt das Geschirr aus, obwohl es noch so warm ist, dass er sich daran verbrennt. Aber wenn man schon so groß ist wie Juha, dann macht man es wie Papa und kümmert sich nicht drum, wenn man sich ein bisschen die Finger verbrennt.

Anschließend wischt er den Küchentisch ab. Hinter der Küchenmaschine liegt ein ganzer Haufen Krümel, die nicht einmal Mama gefunden hat. Er ist sehr zufrieden mit sich, als die Küchenbank fein sauber ist.

Und weil er so richtig in Schwung gekommen ist, füllt er einen Eimer mit Wasser und Schmierseife und beginnt freiwillig, die Türen der Küchenschränke abzuwischen, bis ihm plötzlich einfällt, wie mörderisch langweilig es eigentlich ist, Küchenschränke abzuwischen.

Die Küche ist jetzt sauber genug, entscheidet er. Für heute hat er genug getan. Der Kübel mit Wasser bleibt auf dem Küchenfußboden stehen.

Zeit, herauszufinden, welche Geheimnisse sich in Mamas und Papas Nachtisch befinden. Zuerst muss er allerdings kontrollieren, ob die blöde Marianne hinter ihm herspioniert. Er schleicht sich zu Mariannes Zimmer. Sie liegt auf dem Fußboden, blättert in einem Comic und bemerkt ihn nicht.

Marianne findet es überhaupt nicht so spannend wie er, alleine zu Hause zu sein.

Er wirft sich auf das Doppelbett seiner Eltern und drückt einige Male prüfend auf der Federung herum. Dann öffnet er die einzige Schublade des Nachttisches. Vorsichtig untersucht er sie auf ihren Inhalt. Papiertaschentücher, Erfrischungstücher, Mamas Ehering – ihre Finger sind zu dick geworden – und schließlich ganz unten in der Schublade das, wonach er gesucht hat: eine Packung Kondome.

Mamba – das etwas engere Kondom.

Das ist der Beweis. Mama und Papa ficken.

Atemlos vor Aufregung stiehlt er ein Kondom. Das Blut pocht in seinen Schläfen. Er räumt alles zurück in die Schublade, achtet genau darauf, alles wieder so hineinzulegen, wie es vorher war.

Mit dem Kondom in der geschlossenen Faust schließt er sich im Badezimmer ein.

Sein Penis ist steif und zittert, als er sich von der Hose befreit.

Er untersucht das Kondom, zieht es lang, riecht daran – bevor er es über seinen Pimmel abrollt, bis ganz hinunter zur Wurzel.

Es ist ein wenig faltig. Vielleicht ein bisschen zu faltig.

Wenn er keinen größeren Pimmel kriegt, wird er es niemals mit einem Mädchen machen können, so viel ist sicher.

Er geht im Badezimmer umher, und sein Pimmel steht aufrecht in die Welt hinaus mit dem Kondom obendrauf. Er stellt sich auf einen Hocker und nimmt Papas Rasierapparat aus dem Badezimmerschrank. Er riecht daran. Ein guter Geruch. Noch ist er warm, denn kurz bevor sie losfuhren, hat sich Papa rasiert.

Leise schleicht er zur Tür, um nach Geräuschen aus Mariannes Zimmer zu lauschen, dann schaltet er den Apparat ein und rasiert sich vorsichtig. Natürlich hat er noch keinen richtigen Bartwuchs, nur einen ganz dünnen hellen Flaum über der Oberlippe. Aber er hat mal einen Film gesehen, der hieß »Die Helden des Meeres«, und da haben sie gesagt, dass man früh anfangen muss, sich zu rasieren, wenn man einen starken Bartwuchs bekommen will.

Als er fertig ist, benutzt er Papas Rasierwasser. Sein Pimmel ist immer noch steif. So steif, dass er sich nicht vorstellen kann, dass es jemals wieder anders sein wird. Er legt sich auf den Badezimmerfußboden und wichst, bis es in seinem Pimmel zuckt und ihm ein Zittern den Rücken herunterläuft.

Dann liegt er still da und atmet, starrt die Badewanne von unten an und bemerkt, dass es dort schmutzig ist. Er entdeckt ein altes Stück Seife, das am Boden festgewachsen ist, einige Wäscheklammern, ein Plastikkehrblech. Nichts ist wichtig. Er ist seltsam entspannt, liegt still da und atmet, während sein Pimmel schlaff wird.

Das Kondom spült er die Toilette hinunter.

Er hat versprochen, dass Marianne spätestens um acht im Bett liegt, und um Punkt acht zwingt er sie mit Gewalt in ihr Nachthemd und drückt sie ins Bett. Er droht ihr an, sie grün und blau zu schlagen, wenn sie nicht gleich schläft.

Marianne schreit, dass sie im Bett noch ein bisschen lesen will, denn Mama erlaubt das auch immer. Dann schreit sie, dass er die Tür nicht zumachen darf und dass die Lampe im Flur brennen muss.

Juha schüttelt belustigt den Kopf – ach ja, diese Kleinkinder! – und setzt sich im Wohnzimmer in Papas Sessel, um fernzusehen.

Er ist jetzt der Herr im Haus.

Er schaut sich das Programm für Erwachsene an. »Kvällsöppet«, eine Unterhaltungsshow.

Er kratzt sich an der Nase, genau wie Papa es sonst macht, und sagt hoho, jaja.

Erst als die Sendezeit um ist, stellt er den Fernseher ab. Plötzlich nimmt er alle Geräusche im Haus wahr. Er hört jemanden schleichen. Erschreckt hält er den Atem an. Er kann sich nicht verhört haben. Irgendjemand schleicht im Haus herum.

Bestimmt ist es nur Marianne, die zur Toilette geht.

– Marianne, ruft er, und seine Stimme ist dünn und ängstlich, und er verschluckt die letzte Silbe.

Mit dieser Stimme hat er wohl kaum irgendwelche Schurken erschreckt. Es wirkte eher so, als hätte er mit seiner hellen Knabenstimme gerufen: Nur zu, alle miteinander, hier ist nur ein kleines Fräulein zu Hause!

Und keine Antwort. Irgendwer oder irgendetwas knackt im ersten Stock, leise schleicht er nach oben, um sich zu vergewissern, dass es nur Marianne ist.

Es muss Marianne sein!

Aber Marianne liegt in ihrem Bett und schläft auf einem Stapel von Donald-Duck-Heften. Sie hat die Bettdecke bis zu den Füßen hinuntergestrampelt und atmet ruhig. Es ist genau wie im letzten Sommer, als sie im Vergnügungspark »Gröna Lund« Geisterbahn gefahren sind.

Juha hatte Marianne deutlich angewiesen, dass sie nicht die Augen schließen sollte, da sie für so teures Geld fahren dürfte, egal wie schrecklich und widerlich es auch würde. Außerdem sei das ja alles nicht echt, erklärte er, auch wenn Marianne zu klein und dumm war, um das zu verstehen.

So fuhr der Wagen los, und Juha stellte sich darauf ein, zu lachen und mehr Spaß zu haben als je in seinem Leben zuvor.

Aber leider war es stockdunkel und gruselig, und der Wagen quietschte, und er konnte nichts dagegen tun, dass ihn die Angst packte.

– Mach jetzt nicht die Augen zu, flüsterte er Marianne zu und kniff ihr in den Arm. Im selben Augenblick sprangen ein paar dunkle Klappen auf, und ein Gorilla mit leuchtenden roten Augen brüllte sie an.

Blitzschnell kniff Juha die Augen zu.

Der Wagen bog um eine Kurve, er konnte den Luftzug fühlen, etwas anderes Grauenhaftes schrie neben ihnen. Er öffnete für einen kurzen Moment die Augen, nur um ein rasselndes Skelett zu sehen. Sein Magen zog sich zusammen vor Angst, und er war kurz davor, in Tränen auszubrechen. Man konnte den Wagen nicht anhalten. Mama und Papa warteten draußen. Er war alleine mit seiner blöden Schwester. In der Dunkelheit kniff er die Augen zusammen und betete zu Gott, so sehr fürchtete er sich.

Plötzlich tippte Marianne ihm auf die Schulter und sagte:

– Juha, du hast die Augen zu!

Juha öffnete die Augen und starrte umher. Der Wagen war für einen Moment ins Freie gefahren, damit die Kinder ihren Eltern zuwinken konnten. Unten standen Mama und Papa und reihenweise andere Mütter, Väter und Kinder. Alle hatten gesehen, dass er seine Augen zugemacht hatte.

– Gar nicht hatte ich die Augen zu, schrie Juha.

– Man muss keine Angst haben, erklärte Marianne eifrig, das ist alles nicht echt.

– Gar nicht hatte ich die Augen zu!, schrie Juha erneut und schlug sie, so hart er konnte, als der Wagen wieder in den dunklen, schrecklichen Spuktunnel fuhr.

– Sag, dass ich die Augen nicht zuhatte!, schrie Juha und schlug seine Schwester nochmal.

Wenn nun schon alle gesehen hatten, wie feige er gewesen war, dann wollte er mit der Macht der Gewalt zumindest Marianne dazu bringen zurückzunehmen, was sie gesehen hatte. Plötzlich warf sich ihnen eine Spinne entgegen, und Juha vergaß, seine Schwester zu überzeugen, und hielt sie mit seinen schweißnassen Händen fest.

Als sie nach draußen gekommen waren, lief Marianne auf ihre Eltern zu und schrie, dass sie nicht ein einziges Mal die Augen zugemacht hätte. Juha kam hinter ihr her, bleich und erschüttert.

Papa strich ihm sanft über die Wangen und fragte, ob es sehr schrecklich gewesen sei. Juha wendete sich ab und sagte, dass es überhaupt nicht lustig gewesen sei. Der ganze Ausflug nach »Gröna Lund« war hinüber.

Für den Rest des Tages blieb er einige Meter hinter den anderen zurück. Er schämte sich, weil alle gesehen hatten, dass er seine Augen geschlossen hatte.

Es spielt überhaupt keine Rolle, wie sicher Juha weiß, dass

etwas nicht wirklich gefährlich ist. Er hat trotzdem Angst. Vor Gespenstern, Teufeln und Mördern.

Juha weiß, dass er sich alles nur einbildet. Es hindert ihn nicht daran, Angst zu haben.

Er geht durchs Haus und macht alles bereit für die Nacht, und bei jeder Lampe, die er löscht, wird seine Angst größer. Die Nacht erobert einen Raum nach dem anderen und bildet immer größere schwarze Löcher für eine Stille, die nicht richtig ist.

Die schrecklichen Geräusche vermehren sich. Sie kommen von überall her. Mit dem Gefühl, dass jemand ihm im Erdgeschoss auflauert, jagt er die Treppe hinauf ins Bad, putzt sich die Zähne, zieht den Schlafanzug an und legt sich ins Bett.

– Jetzt bin ich richtig müde!, sagt er laut und tut so, als würde er gähnen. Dann murmelt er, wie Papa es immer tut: Hoho, jaja!, und knipst die Nachttischlampe aus.

Zehn Sekunden ist es dunkel.

Was knackt da, was tickt da, was kratzt da?

Mit schweißnassen Händen tastet Juha nach der Lampe und macht sie an.

Mama und Papa werden noch lange nicht nach Hause kommen.

Als sie gefahren sind, waren sie schicker, als er sie je gesehen hatte.

Mama mit ihrem weinroten Seidenkleid, mit langen Handschuhen und rosafarbenem Lippenstift mit Perlmuttglanz. Papa mit seinem schwarzen Smoking und dem Duft nach Rasierwasser. Sie waren zurechtgemacht, um eine ganze Nacht lang Spaß zu haben.

Neben das Telefon hat Mama die Nummer von den Leuten gelegt, die sie besuchten, nur falls etwas passieren sollte. Juha könnte anrufen und sagen, dass etwas passiert sei, dass er krank geworden sei.

Oder nein, besser, dass Marianne krank geworden sei.

Aber er weiß, wie sehr Mama und Papa sich auf das Fest gefreut haben, und während der ganzen letzten Woche haben sie Juha fast wie einen Erwachsenen behandelt, schließlich sollte er sein eigener Babysitter sein. Er kann einfach nicht anrufen und sie stören.

Juha liegt da und zählt im Geiste die Türen im Haus. Es ist grässlich mit so vielen Türen im Haus. Wenn es nun an einer von ihnen klopfte. Eine Tür pro Haus sollte doch eigentlich reichen. Übrigens, er hat doch wohl nicht vergessen, die Haustür abzuschließen?

Nun erschrecke ich mich schon selbst, denkt Juha, und sofort fallen ihm all die Fenster ein, durch die jemand hineinstarren könnte. Jemand könnte einfach still und kalt und böse dastehen und starren.

Aber dort draußen ist nichts. Niemand steht am Fenster und starrt hinein. Niemand mit leuchtenden gelben Augen, niemand mit einem Tranchiermesser in der Hand, kein Gespenst.

Es ist ein Zweig, der an der Scheibe kratzt. Es ist das Haus, das knackt, nicht jemand, der sich darin bewegt. Das Geräusch, das Juha hört, kommt von der Küchenuhr, die tickt, oder von der Ölheizung. Auch wenn es sich anhört, als würde jemand mit einer Gabel gegen den Tellerrand schlagen, da ist nichts.

Wie in den Gruselgeschichten: Irgendetwas schlägt gegen das Autodach. Dong, dong, dong. »Verlass das Auto auf mein Zeichen und, was auch immer passiert, drehe dich nicht um!«

»Drehe dich nicht um! Und sie dreht sich um … und auf dem Auto saß der Zwerg und schlug den abgerissenen Kopf ihres Mannes auf das Autodach. Dong, dong, dong. Na bitte. Es gibt für alles eine natürliche Erklärung. Nur ein Mörderzwerg würde in einem fremden Haus sitzen und eine Gabel gegen den Tellerrand schlagen. Juha steigt aus dem Bett und schleicht aus dem Zimmer. Er ruft:

– Hier bin ich! Hier bin ich! Hier bin ich!

Als die Eltern gegen zwei Uhr nachts nach Hause kommen, ist das Haus hell erleuchtet, und Juha liegt mit einer Taschenlampe neben sich im Schlafanzug auf der Treppe und schläft.

Vorsichtig hebt Papa den kleinen Helden auf und trägt ihn in sein Bett, ohne dass er aufwacht.

15

Ich bin der neue Himmel und die neue Erde, ein unendliches Universum. Ich bin alles!

Wenn ich auftrete, lade ich das Publikum ein, mit mir zu fliegen. Wenn sie wollen, bringe ich sie zum Mond oder zum Mars, ich kann sie hinbringen, wohin sie wollen. Ich habe Flügel wie Ikarus.

Na ja, natürlich kann ich mir die Flügel stutzen. Das ist nicht einmal schwierig, man muss es einfach nur tun. Schnipp, schnapp. »Nur ein ganz kleiner Pikser!« (Erinnerst du dich an den Film?) Dann kommen wir nirgendwo mehr hin. Dann stehe ich flatternd da wie ein angeschossenes Huhn, und vielleicht finden manche das ja trotzdem komisch. Ich selbst hasse alle, die mir die Flügel stutzen wollen, die mich zwingen wollen, so zu werden wie sie selbst.

Mein Produzent plant schon jetzt die Tournee für den nächsten Sommer. Was sagst du dazu? Jetzt sollten sie mich sehen, die Arschlöscher aus Sävbyholm.

Wenn ich an unsere Kindheit denke, überfällt mich manchmal das Gefühl, dass ich im letzten Moment davongekommen bin, kurz bevor die Falle zuschnappte. Genau wie Pinocchio, der fast in einen Esel verwandelt worden wäre. Mit wohligem Schaudern denke ich daran, dass ich überlegt habe, dass ich lebe, und ich könnte jubeln vor Freude, dass ich erwachsen und unterwegs bin.

Ja, irgendwie fühlt es sich so an, als sei ich noch immer unterwegs, als sei die Reise noch immer nicht beendet, seit ich an jenem Tag im Juni vor so vielen Jahren in den Zug gestiegen bin an der Bahnstation von Sävbyholm.

»Dort ist, wo man nicht ist. Hier ist, wo man ist.« Das haben Magnus, Brasse und Eva gesungen.

»Zu Hause« lässt man hinter sich oder, eher gesagt, man verliert es irgendwo unterwegs.

Auf jeden Fall ist es herrlich, erwachsen zu sein, und es ist herrlich, Leute zum Lachen zu bringen. Humor ist ein Schutz gegen die Sorgen. Wenn ich Scherze über die Kindheit mache, lachen wir erleichtert, denn wir haben trotz allem überlebt.

Solange wir lachen, sind wir nicht besiegt.

16

Juha und Jenny sind beste Freunde. So ist das einfach, und so wird es immer sein.

Beide haben Taschen, auf denen »adidas« steht. Sie wohnen in identischen Häusern direkt nebeneinander. Juha kann bei Jenny hineinschauen, und Jenny kann bei Juha hineinschauen. Manchmal stehen sie am Fenster und schauen, schauen sich einfach nur an.

Nur mit ihr fühlt er sich so richtig sicher. Sie ist die Einzige, die er niemals bestechen muss.

Jenny hat Lachgrübchen, und ihre Augen glänzen, wenn sie lächelt. Juha bringt sie schon zum Lachen, wenn er nur eine Grimasse schneidet. Jenny ist sein bestes Publikum, und er liebt es, sie lachen zu sehen.

Jenny ist ein echtes Nesthäkchen. Ihr Geschwister sind erwachsen und ihre Eltern fast schon Rentner. Zu Hause bei Jenny riecht es staubig nach alten Büchern und ausgestopften Tieren. Jennys Mutter kränkelt und liegt fast den ganzen Tag im Bett. Ihr Haar ist weiß wie das von einer Oma.

Jennys Vater trägt immer einen Pullover, hat Pomade im Haar und raucht Pfeife. Er sieht aus, als sei er einem Schwarz-Weiß-Film im Fernsehen entstiegen. Alle haben vor ihm Angst. Das liegt daran, dass er so grimmig aussieht.

Weil Jennys Mutter meistens krank ist, muss man bei Jenny immer ganz leise sein. Wenn sie bei ihr sind, liegen sie meistens auf dem Bett in Jennys Zimmer und lesen Comics. Oder sie liegen auf dem Bett von Jennys Bruder und lesen Comics.

Sie lesen viele Comics.

Jennys Bruder heißt Konrad, und er wohnt noch zu Hause, obwohl er siebenundzwanzig Jahre alt ist. Konrad ist wie sein Vater, er trägt ähnliche Pullover und hat eine Brille, aber Pfeife raucht er nicht.

Konrad arbeitet als Konservator im naturhistorischen Museum. Er stopft den ganzen Tag lang Tiere aus, kocht Skelette in großen Töpfen und so was.

Als Juha klein war, glaubte er, dass der König im naturhistorischen Museum wohnt.

Konrad erzählt, dass die Zunge eines Blauwals drei Tonnen wiegt. Auf der möchte keiner gerne landen.

Das Herz eines Blauwals wiegt dreihundertsechzig Kilo. Juhas Herz ist so klein wie eine geballte Faust.

Letztes Jahr hat Konrad organisiert, dass Juhas und Jennys ganze Klasse für einen Tag das Museum besuchen durfte. Alle, die es wollten, durften einen einhundertfünfzig Millionen Jahre alten Oberschenkelknochen von einem Dinosaurier anfassen. An dem Tag war Jenny das beliebteste Mädchen der ganzen Schule.

Auch sonst ist sie nicht unbeliebt, überhaupt nicht. Aber ihre Eltern sind so alt und seltsam, und sie selbst ist eher unsichtbar. Sie traut sich nie, etwas zu sagen, wenn andere außer Juha dabei sind, und ständig wird sie rot.

Außerdem kann man so einfach nicht herumlaufen. Juha nimmt an, dass auch das ein Fehler ihrer Eltern ist. Sie hat eine hässliche Haarspange in ihrem hässlichen, strähnigen Haar. Ihre Hose ist rosa und hoffnungslos unmodern, sie wird nach unten hin schmal, wo sie eigentlich Schlag haben sollte.

Juha schämt sich für sie, er schämt sich, dass sie so dämlich aussieht. Er schämt sich, dass er sich schämt, aber trotzdem schämt er sich. Er kann nichts dagegen tun.

Er weiß, dass sie weiß, dass er sich schämt, doch sie wirft es ihm nicht vor. Nur mit ihr fühlt er sich so sicher. Sie ist die Einzige, die er niemals bestechen muss.

Schüchtern und still findet sie sich mit allem ab. Juha braucht niemals dafür um Verzeihung zu bitten, wenn er sie zugunsten besserer Kameraden übergeht.

Denn das tut er.

Jeden Morgen machen sie sich zusammen auf den Weg zur Schule, aber beide wissen, dass Juha Jenny stehen lässt, sobald sie Lennart, Stefan, Simon oder jemand anderen treffen.

Und gehorsam geht Jenny in einem Abstand von zehn Metern hinterher, damit Juha sich nicht schämen muss.

So ist das halt. So wird es immer sein.

Ein stilles Abkommen zwischen ihnen: Sie stellt keine Forderungen, und er kehrt immer wieder zu ihr zurück.

Manchmal schmerzt Juhas Herz bei dem bloßen Gedanken an Jenny. Sie ist so verletzbar. Man muss nur zuschlagen. Juha möchte sie vor allen beschützen, die ihr Böses wollen, vor all jenen, die sie schlagen wollen.

Juhas Herz ist so klein wie eine geballte Faust.

So einfach ist das. So wird es immer sein.

17

Jenny öffnet die Tür. Sie strahlt, als sie sieht, dass er es ist.

– Oh, hallo Juha, komm rein. Ich bin alleine zu Hause. Mein Vater ist mit meiner Mutter im Krankenhaus. Juha betritt den dunklen Flur und zieht die Clocks aus. Eine Deckenlampe aus rotem und hellblauem Glas malt rote und violette Reflexe an die Wände. Aus einer Ecke hoch oben starrt hilflos ein Tierkopf auf sie herab. Es ist eine Gemse, die Jennys Vater lange vor ihrer Geburt geschossen hat.

Außer der Gemse gibt es in diesem Haus noch ausgestopfte Otter und Hasen, zwei Eulen, einen Mäusebussard und den riesigen Elchkopf, der an einer Naht ein wenig aufgesprungen ist, so dass es auf eine unheimliche Art so aussieht, als würde der Elch lächeln.

Und worüber sollte der arme, tote Elch lächeln?

Überhaupt ist es unheimlich mit all diesen ausgestopften Tieren, die einen aus jeder Ecke anstarren, gefangen, ausgestellt zur Betrachtung, wie entblößt. Hier möchte Juha in einer dunklen Nacht nicht alleine sein, so viel ist sicher.

– Was wollen wir machen?, fragt Jenny, als Juha sich die Jacke ausgezogen hat.

– Sollen wir ins Zimmer von deinem Bruder gehen und Comics lesen?, schlägt er vor.

Also gehen sie ins Zimmer von Jennys großem Bruder, obwohl sie wissen, dass sie das nicht dürfen.

Konrads Zimmer ist genauso altertümlich wie der Rest des Hauses: der Schreibtisch, der Kronleuchter, der Lesesessel – alles ist dunkel und uralt. Doch auf dem Fußboden steht ein Karton mit Comics, im Regal steht ein »Agent X9« säuberlich nach Jahrgängen geordnet, an den Wänden hängen Poster von »Queen« und »10CC« – und ein Stoffbild. Es zeigt einen Sonnenuntergang hinter einer Landschaft mit hohen Wasserfällen und steilen Klippen. Auf dem Gipfel der höchsten Klippe stehen ein nackter Mann und eine nackte Frau und grüßen die Sonne mit erhobenen Armen. Eigentlich ist das Paar auf dem Bild überproportional im Vergleich zu den Klippen und den Wasserfällen, aber das macht nichts, Stoffbilder – Silhouetten aus schwarzem Samt vor einem Hintergrund aus funkelndem Violett, Rosa und leuchtendem Gelb – sind trotzdem das Schönste, was Juha je gesehen hat.

Zu jedem Geburtstag steht ein Stoffbild ganz oben auf seiner Wunschliste, direkt neben »Der kleine Chemiker – 40 spannende Experimente zum Selbermachen«.

Nie wird er auch nur eines von beidem bekommen. Und Jennys Bruder hat das schönste Bild in seinem Zimmer hängen.

Juha bleibt davor stehen.

– Es ist schön!

Jenny stellt sich daneben und betrachtet das Bild ernsthaft.

– Ja, es ist schön. »Der erste Sonnenaufgang«.

– Sonnenuntergang.

– Sonnenaufgang. Hier steht's.

– Also ich verstehe nicht, wie sie jemals auf die Spitze von dieser steilen Klippe gekommen sind.

– Hast du schon einmal überlegt, wie sie wieder hinunterkommen sollen, wenn sie keine Lust mehr haben, da zu stehen und zu winken?

– Ach, ist doch egal. Es ist trotzdem das schönste von allen.

Noch einen Moment träumt sich Juha in den Sonnenaufgang, der wie ein Sonnenuntergang aussieht.

– Also, jetzt lesen wir Comics, entscheidet er und wirft sich auf das Bett. Es ist schmal und ungemacht, und es knackt und biegt sich durch, wenn man sich so darauf wirft.

Irgendetwas liegt unter der Matratze. Eine kleine Ecke eines Pornomagazins schaut darunter hervor, und es ist wohl absolut nicht beabsichtigt, dass es dort jemand findet. Juhas Herz schlägt schneller. Er wusste irgendwie, dass heute ein guter Tag werden würde.

– Guck mal, Jenny!, flüstert er und zieht das Heft hervor.

Jenny wird rot.

– Igitt, ruft sie entzückt.

Juha blättert fasziniert das Magazin durch, schaut sich die Bilder an von Frauen mit rosa und hellblauen Afro-Perücken, grünem Lidschatten und rot gemalten geöffneten Mündern. Bilder von Frauen, die ihre Beine spreizen und geziert tun, während ihre Schlitze gestopft werden von Pimmeln, groß wie Baumstämme. Er hält inne bei einer Seite, auf der ein Mann und eine Frau verkehrt herum aufeinander liegen und das Geschlechtsorgan des jeweils anderen lecken.

– Das hier muss irgendwie ein Trick sein, so etwas kann doch einfach nicht gehen.

Guck mal!

Er gibt Jenny das Heft. Mit ernster Miene betrachtet sie das Bild und nickt dann nachdenklich.

– Total seltsam!

Juha und Jenny wissen alles, was man über Sex wissen muss. Der Mann steckt den Pimmel in den Schlitz der Frau, und dann kommt die Samenflüssigkeit, aus der ein Kind wird.

Dass man kopfüber liegen sollte mit dem Geschlechtsorgan im Mund, ist absolut lächerlich.

– Lies bitte vor!, bittet Juha.

– »Ich füllte ihre Fotze ganz aus mit meinem großen Schwanz, der vor Geilheit zitterte, und sie wand sich in Wollust. ›Es brennt! Es brennt!‹«

Jenny unterbricht die Lektüre und schaut Juha fragend an.

– Ich frage mich, was da wohl brennt.

– Das ist doch, weil es so schön ist, kapierst du das nicht!, seufzt Juha ungeduldig und verdreht die Augen. Muss man alles erklären?

So hört sich das an: Es brennt …

Er verzieht das Gesicht und stöhnt spitz.

– Lass das!, lacht Jenny und schlägt nach ihm, damit er aufhört. So kann sich das doch nicht anhören.

– Tut es doch.

– Woher willst du das wissen?

– Tja, ich hab mal unter Mamas und Papas Bett gelegen, als sie gefickt haben, und deswegen weiß ich genau, wie das klingt!, verkündet Juha triumphierend und streckt ihr die Zunge raus.

– Echt?

– Klar!

Sie schauen sich einander an und brechen in Gelächter aus.

Dann springt Juha aus dem Bett.

– Du, wollen wir mal nachschauen, ob dein Vater Kondome versteckt hat?

– Okay!

Jenny schleicht hinter Juha her in das Schlafzimmer ihrer Eltern.

– Aber ich bin ziemlich sicher, dass da sowieso nur Medizin und Kopfschmerztabletten sind, seufzt sie, denn sie kennt ihren Vater.

18

Sävbyholm, der Ort, durch den Juha und Jenny auf dem Weg zur Schule schlendern, ist eine Gemeinde, bestehend aus Eigenheimen und großen Gärten mit Himbeersträuchern, Stachelbeerbäumchen, Johannisbeerbüschen und Pflaumenbäumen. Auf geteilten Grundstücken stehen neu gebaute Einfamilienhäuser mit verklinkerten Fassaden sowie frei stehenden Garagen, die aussehen wie Schuhkartons. An denen wachsen die neu gepflanzten, beschnittenen Wacholder und die ebenso neu gepflanzten und beschnittenen Rhododendronbüsche.

Sävbyholm ist eine stille Gemeinde, vollkommen regungslos, wie ein Friedhof. Die Kiefern stehen alt und stolz, die Steine sind grau und mit Moos bewachsen. An den schmalen Wegen ziehen sich Gräben entlang, wo im Frühling der Huflattich blüht.

Alle Erwachsenen haben einen Volvo. Die Kinder haben Bonanzafahrräder. Die Fünfzehnjährigen haben ein Mofa. So hat alles seine Zeit, und alles ist an seinem Platz. Jedes Alter hat seine Träume. Es gibt viele Träume:

Den Traum von der Sonnenuhr. Er handelt von der Sonne.

Den Traum von der kleinen Windmühle. Er handelt vom Wind.

Den Traum vom Schwenkgrill im Garten. Er handelt von gegenseitiger Sympathie und Gemeinsamkeit.

Und den Traum – der geheimste –, genug davon zu haben, seine Sachen zu packen und davonzureisen. Wovon handelt dieser Traum?

Von einer Welt ohne Sonnenuhr, ohne Windmühle und Schwenkgrill im Garten.

Von einer ganz anderen Welt.

19

Ich denke oft daran. Sävbyholm. Das Paradies auf Erden, wo unsere Familien hingezogen sind, als wir zwei, drei oder vier Jahre alt waren. Dort, geschützt vor allem Übel der Welt, sollten wir aufwachsen. Es war so schön dort. Unsere Eltern träumten vom Glück, doch sie bekamen ein Magengeschwür vor Sorge über die vierteljährliche Ratenzahlung für das Einfamilienhaus.

Sävbyholm liegt dort, wo es immer gelegen hat, ungefähr zehn Kilometer außerhalb der Stadt.

Unverändert, unbeeinflusst, so verschlossen wie immer. Jede Erinnerung an uns, die wir dort aufgewachsen sind, wurde vor langer Zeit ausradiert. Die Erinnerung an mich, dich, Marianne, Jenny – an all die anderen.

Sävbyholm atmet nicht, bewegt sich nicht, es ruht nach dem Essen.

Es scheint, als würde Sävbyholm warten – nicht auf irgendetwas Besonderes –, es wartet einfach nur. Es wartet seine Zeit ab, doch nicht, um sie für irgendetwas zu verwenden: Es frisst die Zeit, wie es die Menschen frisst, wie es uns gefressen hat – um fetter und noch wohlhabender zu werden.

Sävbyholm ist aufgedunsen und protzig, in allem sich selbst genug.

Dort leidet niemand irgendeinen Mangel.

Das Paradies auf Erden, was hat es uns getan?

In den Häusern haben die Menschen auf dem Bauch gelegen, ein Kissen vor dem Mund, und geschrien.

Draußen war es nicht zu hören, also gab niemand zu, dass es so war.

Aber es war so. Sie haben geschrien!

Sie haben geschrien! Keiner wollte es zugeben, aber sie haben geschrien!

Noch heute kann ich sie schreien hören.

20

Als Juha lesen gelernt hatte, fand er, dass auch Marianne lesen können sollte. Er war gerade acht Jahre alt geworden, und sie war drei.

Der erste Buchstabe, den er selbst lernte, war das M. Deshalb sollte auch Marianne mit dem M anfangen.

Juha schlug eine Seite im Lesebuch auf, wo in großen Buchstaben die Wörter Mutter, Butter, Vater, Kater, Sam, Karo, wir, Tier und Reis standen.

– Mmm, summte Juha, kannst du mmm sagen?

– Mmm, summte Marianne glücklich.

– Was ist das hier?, fragte Juha und zeigte auf ein M.

– Mmm, summte Marianne glücklich.

Zufrieden ging Juha über zum nächsten Buchstaben, dem O.

– Ooo, sagte Juha.

– Ooo, wiederholte Marianne.

– Was ist das hier?, fragte Juha und zeigte auf ein O.

– Mmm, summte Marianne glücklich.

– Nein, du siehst doch wohl, dass das kein M ist, zischte Juha ärgerlich. Das ist doch ein O.

– Ooo, sagte Marianne unsicher.

Juha schlug Marianne.

– Ooo, sagte Marianne ängstlich.

– Und das hier?

Juha zeigte auffordernd auf ein M.

Marianne antwortete nicht.

– Und das hier?, wiederholte Juha.

– Ooo, jammerte Marianne unglücklich.

Juha schlug Marianne noch einmal.

– M!, schrie er. Das ist ein M, das ist doch wohl klar! Na, und was ist das?

Da begann Marianne zu weinen, und Juha schrie, sie sei ein doofer Blag, und ließ sie stehen.

21

Auf der Schule in Sävbyholm gibt es insgesamt zwölf Klassen: Vierte, Fünfte und Sechste.

Die aus der Vierten sind alle kleine Scheißer, fast wie die aus dem Kindergarten. Die fünften Klassen können sich qualifizieren für den schwedischen Schulwettbewerb »Wir in der Fünften«. Allein deshalb geht man in die Fünfte. Ansonsten könne man das ganze Schuljahr auch überspringen.

Letztes Jahr war ihre Klasse dran. Juha und Jenny wussten, dass sie die Besten waren. Würde es der Klasse nur gelingen, sich so weit zu qualifizieren, dass sie bei der Fernsehshow mitmachen dürften, dann würden Juha, Jenny und noch jemand in der Box sitzen und Fragen beantworten dürfen. Sie würden das Anfeuern ihrer Klassenkameraden hören, und sie hätten ein Maskottchen vor sich sitzen, und sie würden den Sävbyholm-Pullover tragen.

Auf die Frage A antworten wir Karl der Zwölfte, auf die Frage B antworten wir 1718, und auf die Frage c antworten wir … äh, wissen wir nicht.

Einen Monat vor der Auswahlprüfung lagen Juha und Jenny hart im Training. Sie lasen das ganze Sachkundebuch im Voraus. Jenny las außerdem das ganze Sachkundebuch der sechsten Klasse. Sie hörten einander ab, lernten alle Regierungsmitglieder in Schweden, alle Staatsoberhäupter in Europa, den USA und der Sowjetunion auswendig, trainierten das Buchstabieren von besonders schwierigen Wörtern – C-H-A-U-F-F-E-U-R, C-H-A-U-F-F-E-U-R, S-K-E-L-E-T-T – und lasen jeden Tag sehr genau die Zeitung.

Manchmal diskutierten sie, wer als Dritter mit in die Box sollte. Jenny kannte sich am besten aus mit Tieren und Natur, Juha war am besten in Geschichte und Religion. Vielleicht sollte jemand dabei sein, der richtig gut im Buchstabieren war, C-H-A-U-F-F-E-U-R, C-H-A-U-F-F-E-U-R, S-K-E-L-E-T-T, oder sich mit Sport auskannte. Weder Juha noch Jenny waren besonders in Sport bewandert, natürlich abgesehen von Ingemar Stenmark und Björn Borg, und von Bragt-Birger.

Aber um im Fernsehen dabei zu sein, musste die ganze Klasse bei der Prüfung gut abschneiden.

Es ging völlig daneben. Ihre Klassenkameraden waren hoffnungslos. Juhas und Jennys gesamte Vorbereitung war reine Zeitverschwendung gewesen. Den Rest der fünften Klasse mussten sie einfach absitzen.

Jetzt sind sie in der Sechsten.

Die aus der Sechsten regieren die Schule. Sie sind die Könige. Wenn die aus der Sechsten eine Schneeballschlacht anfangen, verstecken sich alle anderen. 6E rules O.K!

Doch schon nächstes Jahr sind sie wieder die Kleinsten. Dann beginnt das Gymnasium, und sie müssen mit dem Bus zur Schule fahren, denn die liegt mehr als zehn Kilometer weit entfernt. Dann werden sie eine Busfahrkarte haben und können alleine in die Stadt fahren.

Dies ist das letzte Jahr in Sävbyholm.

Danach verschlingt sie die Welt.

22

Ihre Klassenlehrerin sieht immer unzufrieden aus. Sogar wenn sie versucht, fröhlich zu sein. Wenn sie, wie sie glaubt, ihr mildes Lächeln lächelt, ist es, als würde etwas in ihrem Gesicht vor Anstrengung zerbrechen.

Lächeln bedeutet für sie, unter Anstrengung die Mundwinkel nach oben zu ziehen.

Sie ist abgemagert wie ein verhungerter Vogel. Ihr Kopf ist viel zu groß für den schmächtigen Körper und den zerbrechlichen Hals.

Es scheint, als könne ihr Kopf jederzeit plötzlich abbrechen und über den Fußboden rollen.

Sicherlich hat sie deswegen so oft Nackenschmerzen. Bei jeder Klassenarbeit sitzt die Lehrerin vor ihrem Pult und massiert sich den Nacken, stöhnt und verzieht das Gesicht vor Schmerz, während sie wartet, dass die Zeit vergeht.

Überhaupt ist ihre Klassenlehrerin ein Mensch, der darauf wartet, dass die Zeit vergeht.

Als wäre sie fehlplatziert und würde darauf warten, an die richtige Stelle versetzt zu werden.

Während der Unterrichtstunden sitzt sie oft da und schaut aus dem Fenster. Manchmal vergisst sie einfach, dass die Kinder da sind. Dann summt sie und wiegt den Kopf hin und her. In solchen Momenten scheint sie fast glücklich zu sein.

Manchmal aber sitzt sie auch angespannt da und starrt wütend aus dem Fenster. Als würde sie die Geduld verlieren. Wo bleiben die Leute, die sie an die richtige Stelle versetzen sollten?

Wenn sie dann von einem der Kinder gestört wird, regt sie sich jedes Mal auf und schimpft auf die Klasse.

– Wartet nur, bis ihr aufs Gymnasium kommt!, zetert sie. Dort werden andere Saiten aufgezogen. Dort sind sie nicht so nett wie ich, da kann man nicht flüstern und Briefchen schreiben und nach der Pause einfach zu spät in den Unterricht hineinspazieren!

Jedes Mal, wenn sie die Klasse ausgeschimpft hat, wird ihr Gesicht dunkelrot. Dann muss sie erst einmal eine Zeit lang dasitzen und sich die Schläfen massieren, denn sie hat Kopfschmerzen bekommen.

An allem sind die Kinder schuld. Das ist sowieso klar.

Daran, dass sie hier ist und nicht irgendwo anders. Dass sie Kopfschmerzen hat. Dass die Leute niemals kommen, die sie an die richtige Stelle versetzen.

23

VON JUHA WÄHREND DER »LUSTIGEN STUNDE« VORGETRAGENE WITZE

– Mama, Mama, der Lillebror ist ganz rot im Gesicht!

– Halt den Mund, Kind, und mach den Backofen zu!

(Hier, schon nach dem ersten Witz, verlässt die Lehrerin das Klassenzimmer.)

– Mama, Mama, ich mag Lillebror aber nicht!

– Halt den Mund, Kind, es wird gegessen, was auf den Tisch kommt!

(Hier nimmt die Lehrerin einen Schluck aus dem Flachmann, den sie im Kartenraum versteckt.)

– Mama, Mama, Papa greift mir an die Fotze!

– Halt den Mund, Kind, und leck weiter!

(Hier protestieren die Mädchen lauthals. Die Jungen jubeln. Juha hat beide Reaktionen vorhergesehen.)

– Mama, Mama, wie groß ist der Atlantik?

– Halt den Mund und schwimm weiter!

(Hier schreien Pia und Eva-Lena, dass sie sich umbringen, wenn sie noch einen einzigen »Mama Mama«-Witz hören müssen.)

– Mama, Mama, warum läuft Papa im Zickzack?

– Halt den Mund, Kind, und lad nach!

(Hier kommt die Lehrerin zurück in den Klassenraum. Alle Kinder kreischen durcheinander. In der Hand hält Juha ein zerknittertes Stück Papier mit fünfzehn gewissenhaft notierten »Mama Mama«-Witzen. Er hat noch weitere zehn auf Lager. Der Unterricht wird frühzeitig beendet. Vor dem Klassenraum kratzen Pia und Eva-Lena Juha so brutal das Gesicht, dass es anfängt zu bluten.

24

Juha weiß nicht, warum er im Mittelpunkt stehen möchte, aber er möchte es.

Juha möchte, dass die Leute ihn bemerken, dass sie in seiner Abwesenheit über ihn sprechen, ihn bewundern.

Er möchte wichtig sein.

Oft stellt er sich vor, dass er tot ist und alle um ihn trauern. Genauso wie Jonathan Löwenherz. Jedes Mal, wenn Juha den Anfang des Buches von »Die Brüder Löwenherz« liest, beginnt er zu weinen. Er kann es nicht lassen, sich vorzustellen, dass er der Tapfere war, dem so viel Liebe zuteil wurde.

In seiner Fantasie brennt das Haus, und Juha nimmt Marianne auf den Rücken, springt aus dem oberen Stockwerk und stürzt zu Tode.

Mein Gott, wie sie dann trauern würden!

Die ganze Klasse. Ganz Sävbyholm.

Lennart weint. Stefan weint. Sogar die blöde Eva-Lena weint und bereut, dass sie so gemein, dumm und bescheuert gewesen ist.

Jenny ist untröstlich.

Arme Jenny. Wer soll jetzt ihr bester Freund sein, wenn Juha tot ist? Es wird nicht leicht für sie sein.

Und so still und gedrückt ist es zu Hause! Mama, Papa und Marianne sitzen am Esstisch, starren auf ihre Teller, versuchen schweigend, etwas hinunterzukriegen. Der Platz, auf dem Juha immer gesessen hat, ist leer.

Leer.

Jedes Mal deckt Ritva den Tisch für vier Personen, ehe ihr

einfällt, dass sie nur noch zu dritt sind. Dann fängt sie an zu weinen.

Alle weinen.

Die Klassenlehrerin weint.

Die ganze Klasse kommt zur Beerdigung, und sie singen Psalme und bringen Blumen, und sie denken an ihn, den sie verloren haben – Juha –, der dort liegt und tot ist.

Tot, tot, tot.

Wer soll nun so viel Freude verbreiten, lustige Witze erzählen und sich Abenteuer ausdenken?

Wer?

Die Klassenlehrerin hält eine Rede: Lieber kleiner Juha ...

Es ist so schön und so traurig.

Für so viel Aufmerksamkeit lohnt es sich wirklich, zu sterben.

25

Man steht im Mittelpunkt, wenn man der Beste ist. Juha versucht, bei allem der Beste zu sein. Eifrig meldet er sich, um auf die Fragen der Lehrerin zu antworten. Natürlich schreibt er gute Noten in allen Klassenarbeiten. Im Chor singt er am lautesten. Juha ist stolz auf seine laute Stimme, die durch die Luft schneidet und alle anderen übertönt: STILLE NACHT, HEILIGE NACHT, ALLES SCHLÄFT …

Keiner entkommt seiner Stimme.

In allen Bereichen kann man nicht der Beste sein. Beim Turnen ist er nicht ganz so gut. Und wenn die Fußballmannschaft gewählt wird, ist er jedes Mal unter den Letzten. Das ist so demütigend. Deswegen lässt er sich oft als Torwart aufstellen, um selber derjenige zu sein, der wählen darf.

Doch die allerbeste Methode, im Mittelpunkt zu stehen, ist ein Auftritt. Juha tritt pausenlos auf. Auf dem Schulhof, im Speisesaal, auf Feiern und während der »Lustigen Stunde«.

Wenn Bengt und Ritva Gäste haben, stellt er sich auf einen Stuhl und singt mit seiner lauten Stimme, die durch Luft schneidet und alles andere übertönt: HONEY, HONEY, HOW YOU THRILL ME – AHA, HONEY, HONEY, YOU'RE A LOVE MACHINE …

Und weil die Gäste lachen, beginnt er nochmal von vorne, noch lauter und nachdrücklicher: HONEY, HONEY, HOW YOU THRILL ME …

Dann wird er von Bengt ins Bett geschickt. Juha fühlt sich unglaublich gedemütigt.

Aufzutreten ist Juhas Art, mit Menschen zu verkehren.

Lustig zu sein ist eigentlich seine einzige Möglichkeit, Freunde zu finden, etwas anderes kann er nicht.

Er verbringt Wochen damit, »Hassetåge-Sketche« und »Povel-Rammel-Lieder« auswendig zu lernen, geht in Klausur, um zu üben, um dann, wenn alles fertig ist, die Leute in Erstaunen zu versetzen.

Und Juha ist lustig.

Sogar die blöde Eva-Lena muss das zugeben. Man kann nicht vermeiden zu lachen.

Juha erklärte sich einmal sogar bereit, auf Mariannes Kindergeburtstag aufzutreten. Er sang Playback zu »Set me free« von »The Sweet«. Er war Brian Connolly. Am Ende des Liedes zerriss er sein T-Shirt. Es war sein Lieblingsshirt gewesen, mit einem Aufdruck von Mumins, aber er opferte es für seinen Auftritt.

Mariannes Freunde begriffen gar nichts. Sie waren erst sechs Jahre alt. Mariannes Aufgabe war es, hinter einem Sessel zu hocken und Seifenblasen auf Juha zu pusten, als Bühneneffekt.

Es kamen fast überhaupt keine Seifenblasen, denn sie pustete zu stark.

Hinterher hat Juha sie verhauen, obwohl es ihr Fest gewesen war. Sie hatte schließlich die ganze Show zerstört.

26

Oh, ich liebe es, gelobt zu werden, schon als Kind war ich süchtig danach zu hören, wie talentiert ich bin.

So ein intelligenter kleiner Junge, so reif für sein Alter und dann auch noch diese hübsche Handschrift! Was schreibst du denn da? Gedichte – nein wirklich! Absolut wunderbar und bezaubernd! Und wie ernsthaft und doch so ausgelassen er sein kann. Ein kleiner Racker, ein Luftikus, ein Schelm, ein Spaßminister, ein Charmeur, ein Wunderkind, ein Genie, ein Gott, ein Gott, ein Gott.

Irgendwie muss man das hinkriegen. Leicht ist das nicht, doch man tut, was man kann. Man gibt, was man hat, und manchmal reicht es nicht.

Hier bin ich. Einsam. Stehe vor dem Spiegel und presse die Augen zu.

»I don't know why she's leaving or where she's gonna go, I guess she's got a reason but I just don't wanna know ...«

Ich habe nie verstanden, warum sie mich immer alle stehen ließen, warum keiner blieb, nachdem die »Lustige Stunde« vorbei war. Mit welcher Gleichgültigkeit sie aufstanden, die Stühle hochstellten und gingen. Ich war doch witzig gewesen. Sie mochten mich doch. Sie hatten doch gelacht. Genau wie jetzt. Das Publikum lacht, und ich bilde mir ein, dass sie bleiben, doch wenn sie erst fertig gelacht haben und wenn das Licht angeht, dann stehen sie auf und gehen. Und jedes Mal fühle ich mich fast betrogen, wenn ich hinter der Bühne warte, bereit für eine weitere Zugabe.

Ich kann nicht nach vorne stürzen und »Kommt zurück!«

rufen, wenn die Leute schon an der Garderobe stehen. Den Mut habe ich einfach nicht.

Auf alle meine Briefe an dich habe ich nie einen Absender geschrieben: Vielleicht wollte ich keine Antwort.

Vielleicht hatte ich Angst, dass du nicht antworten würdest, dass du nichts von mir wissen wolltest. Vielleicht hatte ich nicht genügend Mut.

Jetzt bekommst du meine Adresse. Du kannst gerne antworten. Sagen, dass es dich gibt. Manchmal frage ich mich, was aus uns allen geworden ist.

Du nicht?

27

VON JUHA GEKAUFTE BÜCHER ZUM ZWECKE DER UNTERHALTUNG SEINER KLASSENKAMERADEN WÄHREND DER »LUSTIGEN STUNDE«

101 lustige Geschichten
Kranker Humor
Kennen Sie den schon?
101 noch lustigere Geschichten
Best Jokes for Every Occasion
Die besten Schottenwitze der Welt (das langweiligste Buch, das Juha je gelesen hat)

28

Wenn es gelingt, in der Schlange vor der Essensausgabe in die Nähe von Lennart und Stefan zu kommen, stehen die Chancen nicht schlecht, dass man bei ihnen am Tisch sitzen darf. Am besten sollte man direkt hinter ihnen anstehen, so dass man einfach in ihrem Kielwasser zu bleiben braucht, bis sie einen Tisch gewählt haben.

Ist man vor ihnen an der Reihe, muss man zögernd mit dem Tablett in der Hand herumstehen und warten, bis sie fertig sind. Wählt man selbst einen Tisch aus, ist es alles andere als sicher, dass auch sie sich dorthin setzen werden.

Es ist so unerhört demütigend, wenn man sich an einen großen, leeren Tisch gesetzt hat, damit noch viele andere Platz finden, und schließlich setzt sich niemand dazu.

Dort sitzt man dann, starrt aus dem Fenster und hasst die ganze Welt, während einem die Kartoffelklöße im Hals immer größer werden.

Stefan und Lennart setzen sich meistens an einen Vierertisch. In der Regel werden sie begleitet von Roy. Bleibt ein Platz, wird um den gekämpft.

Manchmal darf Juha dabeisitzen und die anderen mit seinen Scherzen unterhalten. Oft ist er so sehr damit beschäftigt, Stefan und Lennart zu belustigen, dass die Mittagspause vorübergeht, ohne dass er auch nur einen Bissen gegessen hat.

Aber meistens reißt sich Simon den vierten Platz unter den Nagel.

Oder Roger oder Peter. Juha wurde sogar schon einmal von

Erik verdrängt, und das ist nicht nur gänzlich unbegreiflich, sondern auch zutiefst beleidigend.

Manchmal fragt sich Juha, ob er als Einziger begreift, dass es diesen Wettbewerb gibt, diesen ständigen Kampf um die Rangordnung unter Affen. Und der Kampf um den vierten Platz ist rücksichtslos.

Im Umkleideraum der Turnhalle teilen sich je vier Kinder einen Spind.

Natürlich ist es wichtig, mit wem man den Spind teilt. Dass Stefan und Lennart zusammen sind, ist selbstverständlich, und vielleicht auch, dass Roy dabei ist. Roy ist zweifelsohne besser drauf als Juha, aber der vierte Platz hätte Juhas sein sollen, das findet er wirklich.

Doch wieder hat Simon den vierten Platz.

Was ist schon dran an Simon, außer dass er früh entwickelt ist und von allen in der Klasse den größten Pimmel hat? Überhaupt nichts. Außerdem hat Simon große, vorstehende Brustwarzen. Das ist eklig. Sieht wirklich nur Juha, wie eklig das ist?

Juha teilt seinen Spind mit Roger und Peter. An Roger und Peter ist nichts auszusetzen. Nur mit den beiden hätte es ihm wohl nichts ausgemacht. Aber Juha teilt den Spind auch mit Erik.

Erik ist fett und schleimig und hat einen ernsthaften Dachschaden. Außerdem ist er gnadenlos dumm. Erik ist in Pia verliebt. Wenn einer glaubt, dass so ein hässlicher kleiner Spasti wie er eine Chance hat bei einem Mädchen wie Pia, dann ist er wirklich gnadenlos dumm.

Juha will nicht unbedingt der Tollste sein. Er begnügt sich damit, mit den Tollsten zusammen sein zu dürfen. Alles, was Juha will, ist, so zu sein wie die anderen. Instinktiv ahmt er das nach, was er für richtig hält. Wörter, Gesten, Mienen – wie ein Chamäleon passt er sich der Umgebung an.

Er macht sich zum Affen, und er äfft andere nach.

Ändert seine Meinung, korrigiert seine Urteile entsprechend Lennart, Stefan und Pia und nimmt sich sogar Eva-Lena zum Vorbild, auch wenn er sie heimlich verachtet und findet, dass sie einfach unerträglich ist.

Und weil Juha weiß, dass er alles richtig macht, sollte doch er es sein und kein anderer, der den begehrenswerten vierten Platz innehat. Er fühlt sich ungerecht behandelt und übergangen. Als würden die anderen ihm etwas stehlen, das ihm rechtmäßig zusteht. Dass sie ihm diese einzige Sache verweigern, deren er begehrt.

Dazugehören zu dürfen.

29

Thomas Karsk teilt mit niemandem seinen Spind. Er ist übrig geblieben. Er hat Pech gehabt. Sein Papa ist tot, und seine Mutter ist nicht ganz dicht. Sie kommt aus Deutschland.

Eigentlich kennt niemand Thomas' Mama, denn es ist noch keins der Kinder zum Spielen bei Thomas zu Hause gewesen, trotzdem wissen alle, dass Frau Karsk nicht ganz dicht ist.

So was weiß man einfach, das kann man nicht erklären.

Thomas Karsk selbst ist auch ein hoffnungsloser Fall. Während der gesamten Unterstufe ist er mit den Mädchen seilgesprungen. Oder besser gesagt – sie ließen ihn das Seil schlagen.

Und er schlug das Seil. Pause für Pause.

Jetzt, in der Mittelstufe, verbringt Thomas die Pausen meistens alleine. Er verdrückt sich Richtung Fußballplatz, wo sonst niemand anderer hinkommt.

Dort läuft er hin und her und wartet darauf, dass es wieder klingelt. Bei Regen und Schnee, wenn der Rasen nur noch Matsch ist, läuft er alleine dort am Fußballfeld hin und her.

Er sieht immer so aus, als würde er frieren.

Manchmal steht er einfach am Zaun und starrt in die Luft, als würde er träumen.

Einmal überlegte Juha, was Thomas wohl denkt. Aber er überlegte nur einen kurzen Moment.

Thomas umgibt ein merkwürdiger Geruch von Außenseitertum, der Juha in absolute Panik versetzt. Es scheint immer ein luftleerer Raum zwischen ihm und den anderen zu bestehen.

Thomas Karsk teilt seinen Spind mit Jungen aus den anderen Klassen, die ebenfalls übrig geblieben sind.

Seine Turnhose hat kein Innenfutter. Manchmal hängt sein Pimmel aus einem Hosenbein heraus. Einmal, als sie alle in der Turnhalle auf dem Boden im Kreis saßen, konnte jeder Thomas' Pimmel sehen. Auch die Mädchen. Er selbst merkte nichts, und niemand hat etwas gesagt.

Wenn Juha das passiert wäre, wäre er gestorben.

– Scheiße, ich hätte mich einfach hingelegt und wäre gestorben!, krächzte Juha, als sie nach der Stunde in den Umkleideraum kamen.

Dann wurde Thomas von Erik verprügelt. Erik wollte wohl zeigen, dass er sich traute. Thomas hat sich nicht gewehrt.

Das tut er nie.

In der nächsten Sportstunde behielt Thomas die Unterhose unter der Turnhose an. Das war alles.

Aber er sagte nichts.

Das tut er nie.

30

Die Turnhalle der Schule in Sävbyholm ist ein grauer Betonbunker, in eine Ecke des Schulgrundstücks gezwängt.

Die Jungen ziehen sich für den Sportunterricht um. Juha, Roger und Thomas sitzen halb ausgezogen auf einer Bank im Umkleideraum, ihre Turnbeutel neben sich. Die anderen spähen durch das Schlüsselloch in der Tür zum Umkleideraum der Mädchen, oder eher gesagt: Lennart späht. Die anderen drängen sich um ihn.

– Siehst du was? Siehst du was?, fragt Stefan aufgeregt und knufft Lennart.

Lennart lacht zufrieden. Einige Jungs lachen ebenfalls, ohne zu wissen worüber.

– Siehst du was, oder weshalb lachst du?, blökt Stefan ungeduldig.

Lennart lacht erneut, als würde er sich wirklich großartig unterhalten. Das Gelächter der anderen wird noch lauter, bis Lennart plötzlich aufhört zu lachen.

– Nein, ich seh überhaupt nichts.

Die anderen verstummen sofort.

– Verschwinde!, zischt Stefan, schubst Lennart zur Seite und nimmt selber den Platz am Schlüsselloch ein.

– Danach bin ich dran!, ruft Erik eifrig.

– Halt die Klappe, ich versuche, was zu sehen!, sagt Stefan

– Dann bin ich dran!, wiederholt Erik noch eifriger und taumelt gegen Stefan, der ihn schnell und bedrohlich wie ein Reptil zurückschubst.

– Ich schlag dir den Schädel ein, wenn du nicht die Fresse hältst!

Erik jammert und verzieht sich in eine Ecke wie ein verängstigtes und beleidigtes Kind.

Wie ein herrenloser Hund, der sich die Wunden leckt.

Stefan konzentriert sich wieder auf das Schlüsselloch.

– Da ist sie!, jubelt Stefan plötzlich. Was für Titten! Unglaublich, was für Titten die Braut hat!

Er lässt Lennart ans Schlüsselloch.

– Titten!, tönt Erik aus der Ecke, doch aus Angst vor Schlägen rührt er sich nicht.

– Stell dir vor: mit Pia ficken!, seufzt Stefan.

– Ficken!, tönt Erik.

– Titten ficken. Das mögen die Bräute!, erklärt Lennart weltgewandt.

Die anderen schauen Lennart grenzenlos bewundernd an und hoffen, dass er weiterspricht, doch stattdessen starrt Lennart überlegen zu Juha, Roger und Thomas hinüber, die mit ihren Turnbeuteln auf dem Schoß auf der Bank sitzen.

Die Anklagebank.

Juha wird starr, als er bemerkt, dass sich die ganze Aufmerksamkeit auf sie richtet. Er rutscht unruhig auf seinem Platz hin und her. Lennart zieht eine verächtliche Grimasse, als er Juhas Namen ausspricht:

– Juha!

Juha zuckt zusammen.

– Was is?, fragt er und versucht dabei so patzig wie möglich zu klingen.

– Hast du schon mal gefickt?

Juha verdreht die Augen und tut so, als würde er fast ersticken.

– Logisch hab ich!, sagt er beleidigt.

– Ach?, fragt Lennart und lächelt amüsiert in Erwartung einer ausführlichen Antwort. Sofort wird Juha unsicher. Er räuspert sich und schaut ängstlich um sich.

– Na ja, du bist wohl auch nicht mehr ganz unschuldig!, bringt er heraus.

– Nee, nee, wer ist das schon? Roger?

Lennart lässt den Blick zu Roger wandern, und auch Roger bekommt einen patzigen Tonfall hin.

– Was zum Teufel dachtest du denn?

– Und Thomas?

Lennart spuckt den Namen aus.

Alles schauen Thomas an, der verängstigt auf den Boden blickt. Er ist klein und schmächtig. Wie die anderen auch hat er noch zwei, drei Jahre bis zur Pubertät. Er weiß nicht, was er antworten soll. Er wird rot, sein Blick flackert, und er bekommt kein Wort heraus.

– Also, hast du nun gefickt oder nicht?

– Ich?, piepst Thomas. Ob ich was hab? Was hast du gesagt? Sorry, ich habe gerade an etwas anderes gedacht.

Thomas ist der schlechteste Lügner der Klasse. Lennart lächelt böse, als er das Urteil fällt.

– Thomas hat nicht gefickt!

– Thomas hat nicht gefickt!, bestätigt Stefan.

– Thomas hat nicht gefickt!, jubelt Erik.

Alle Kinder lachen darüber, dass Thomas nicht gefickt hat.

Stefan stößt ihn an.

– Und warum hast du so einen verdammt hässlichen braunen Mantel?

Thomas antwortet nicht, versucht sich innerlich vollkommen leer zu machen, um nichts fühlen zu müssen. Er will taub und stumm sein.

Trotzig versucht er, den Blicken der anderen zu begegnen, doch es gelingt ihm nicht. Ihm steigen Tränen in die Augen. Er kneift den Mund zusammen.

– Du hast nicht geantwortet!, zischt Lennart. Wer hat deinen hässlichen Mantel genäht?

– Mama, flüstert Thomas, so leise er kann.

– Seine Mutter!, tönt Erik und schaut beifallheischend zu Lennart und Stefan. Dann kommt er aus der Ecke, um beim Verprügeln dabei zu sein.

Lennart kriecht dicht an Thomas heran, fast schon schmeichelnd.

Seine Stimme klingt ruhig und beherrscht, und es scheint, als würde er Hunderte von weichen Küssen auf die Wange des Schwächeren hauchen.

– Ich möchte, dass du etwas weißt. Es ist am besten, wenn du Bescheid weißt. Heute nach der Penne, Thomas, wenn du nach Hause gehst, Thomas, dann werden wir auf dich warten, Thomas – hier macht er eine Pause, hält den Atem an, fährt dann fort:

– und wir werden dich auseinander nehmen, Thomas, Scheiße, wie wir dich zusammenschlagen werden. Mehr Schläge, als du jemals bekommen hast.

Vorsichtig streicht er über Thomas' Wange, als würde er seine Liebste streicheln.

– Klar?

Als er nicht sofort eine Antwort bekommt, boxt er Thomas ohne Vorwarnung in die Magengrube. Thomas krümmt sich. Die anderen Kinder haben aufgehört zu johlen.

– Klar?, wiederholt Lennart und holt aus.

– Ja, ja, ist klar, flüstert Thomas.

Lennart hört auf zu boxen und weicht einen Schritt zurück.

– Gut. Ich wollte das nur klarstellen.

Er lächelt und schaut sich um, ob irgendjemand etwas einzuwenden hat.

Aber niemand wagt es, etwas zu sagen. Erik lacht, es hört sich an, als würde er rülpsen. Juha und Roger umklammern ihre Turnbeutel, haben feuchte Hände. Die anderen Jungen starren zu Boden. Niemand traut sich, Thomas zu verteidigen. Lennart weiß das. Er genießt seine Macht. Stefan legt einen Arm auf Lennarts Schulter. Plötzlich ertönt eine grelle Trillerpfeife. Mit großen, resoluten Schritten betritt die Lehrerin den Umkleideraum. Sie trägt Clocks, eine Stretchhose und einen Velourspullover mit V-Ausschnitt.

– Sind alle umgezogen?, schreit sie.

Sie bläst in die Pfeife.

– Ihr seid ja gar nicht umgezogen!

Sie klatscht in die Hände.

– Also, Aufstellung in fünf Minuten! Auch du, Thomas! Was sitzt du so krumm da?

Ohne auf eine Antwort zu warten, dreht sie sich um und entfernt sich mit denselben großen Schritten, bläst in die Trillerpfeife und verkündet:

– Und dann beginnen wir den Unterricht und laufen zweihundert Runden um die Schule!

– Und dann beginnen wir den Unterricht und wälzen uns im Schnee!

– Und dann beginnen wir den Unterricht mit eintausend Liegestützen!

– Und dann beginnen wir den Unterricht und schrammen uns die Knie auf dem harten Hallenboden auf!

– Und dann beginnen wir den Unterricht und lachen den kleinen Fettsack aus, der es nicht über den Kasten schafft.

– Und dann beginnen wir den Unterricht und untersuchen, ob einer der Jungen sich der Pubertät nähert!

Sie bläst in ihre Trillerpfeife.

Sie hat nichts gemerkt, nichts gesehen, nichts gehört.

Sie marschiert davon und bläst in ihre Pfeife.

31

DER MARSCH DER SPORTLEHRERIN – EINE IMITATION VON JUHA

– So, und jetzt beenden wir den Unterricht und gehen duschen.

Also los, ab in die Duschen, alle müssen duschen.
Runter mit der Unterhose, alle müssen duschen.
Auch du, Juha, alle müssen duschen.
Runter mit der Unterhose, runter mit der Unterhose.
Seid nicht albern, kein Grund sich zu schämen.
Runter mit der Unterhose, alle müssen duschen.
Glaubt ihr, ich hätt noch nie nackte Jungs gesehn? – Hm?
Glaubt ihr, ich hätt noch nie nackte Jungs gesehn? – Hm?
Nackte Jungs, kahle Piepmätze.
Dünne kleine Popos, alle müssen duschen.
Glaubt ihr, ich hätt noch nie nackte Jungs gesehn? – Hm?
Oi oi oi, wenn ihr wüsstet.
Oi oi oi, das eine sag ich euch.
Oi oi oi oi oi oi oi.
Ich hab's euch ja gesagt.
Ein Piepmatz, zwei Piepmätze, drei und vier Piepmätze.
Nichts Besonderes, nichts Besonderes, wirklich nichts Besonderes – piiiep.

32

Die Kinder lösen Aufgaben aus dem Mathebuch.

Ihre Klassenlehrerin hat sich auf dem Stuhl zurückgelehnt und schaut aus dem Fenster.

Thomas sieht ängstlich hinüber zu Lennart und Stefan, die miteinander tuscheln. Die Lehrerin sieht, dass Lennart und Stefan tuscheln. Das kann sie sehen und trotzdem weiter aus dem Fenster schauen.

– Stefan und Lennart! Wenn ihr etwas zu sagen habt, dann sagt es laut, damit es die ganze Klasse hören kann.

Stefan und Lennart verstummen augenblicklich.

– Das habe ich mir gedacht.

Als die Schulglocke ertönt, dreht sich die Lehrerin zur Klasse um und sagt den Kindern, dass sie die Mathebücher weglegen sollen.

Alle werfen sofort ihre Bücher in ihr Pult. Die Lehrerin scheint sich durch den entstehenden Lärm gestört zu fühlen, entscheidet sich dann jedoch zu lächeln.

– Und nun wollen wir wie üblich die Woche mit der »Lustigen Stunde« beenden. Eurer eigenen Stunde. Thomas unterbricht sie mit einer Wortmeldung.

– Ja, Thomas, was gibt es?

Thomas geht nach vorne und flüstert ihr etwas ins Ohr.

Die Lehrerin antwortet laut, so dass die ganze Klasse es hören kann.

– Magenschmerzen? Aber deine Magenschmerzen können doch wohl nicht so schlimm sein, dass du nicht bei der »Lustigen Stunde« dabei sein kannst. Das kann ich kaum glauben. Nein, das dachte ich mir. So, also geh jetzt und setz dich hin, und du wirst sehen, dass du dich bald besser fühlst.

Enttäuscht kehrt Thomas an seinen Platz zurück. Die Lehrerin klatscht in die Hände.

– Zur »Lustigen Stunde« also. Hat jemand etwas vorbereitet?

Juha reckt eifrig den Arm in die Luft. Die Lehrerin tut so, als würde sie ihn nicht sehen.

– Ein Sketch? Ein paar Rätsel? Irgendjemand?

Sie klingt immer flehender.

– Ich!, ruft Juha. Ich!

– Sonst noch jemand?

Niemand sonst meldet sich. Die Lehrerin seufzt.

– Na gut, was hast du denn diese Woche zu bieten?

– Einen Sketch, bei dem ich alle Rollen selbst spiele.

– Hatte ich es mir doch gedacht, stöhnt die Lehrerin und sieht unglücklich aus. Hat wirklich sonst keiner irgendetwas? Also nicht. Na, dann bitte, Juha.

Juha stürzt hinter seinem Pult hervor auf das Podium vor der schwarzen Tafel. So eifrig ist er, dass er zu Anfang fast unzusammenhängend spricht und mehrere Silben verschluckt. Jede Woche unterhält Juha die Klasse während der »Lustigen Stunde«. Das ist die wichtigste Aufgabe in seinem Leben.

33

SKETCH, DEN JUHA WÄHREND DER LUSTIGEN STUNDE VORTRUG

Also, da war so'n Typ, ähh, der hieß, keine Ahnung, wie der hieß, aber auf jeden Fall ging der zu so einem reichen Knacker, um zu fragen, ob der Arbeit für ihn habe, und der reiche Knacker sagte (tiefe Stimme): Na gut, aber du musst deine Pflichten genau erfüllen. (Hohe Stimme:) Ja, mein Herr, das werde ich tun. (Tiefe Stimme:) Dann kannst du als Erstes meinen Anzug und die Fliege aus dem Schrank holen! (Hohe Stimme:) Ja, Herr. Und dann ging der Typ ins Ankleidezimmer. Als der reiche Knacker dazukam, sagte er (tiefe Stimme): Um Himmels willen, was tust du da? Du solltest doch die Fliege rauslegen. (Hohe Stimme:) Ja, das versuch ich doch, aber dafür muss ich sie erst mal fangen!

(Hier macht Juha eine Pause, um den Klassenkameraden Gelegenheit zum Lachen zu geben. Jenny lacht, aber sie ist die Einzige.)

(Tiefe Stimme:) Grrrr!, knurrt der Reiche da. Aber okay, ich geb dir noch eine Chance. Geh und koche Grünkohl mit Pinkel, aber beeil dich. (Hohe Stimme:) Ja, guter Herr, das tu ich gerne. Trampel, trampel, in die Küche, trampel, trampel.

(Als Juha aus irgendeinem Grund anfängt, so zu tun, als würde er in einen Topf pinkeln, steht die Lehrerin auf und sagt: Hör damit bloß nicht auf. Das ist wirklich schrecklich lustig. Ich muss nur mal eben raus, bin aber gleich zurück.

Es gelingt ihr zu lächeln, dann verlässt sie den Klassenraum. Kaum vor der Tür, murmelt sie, dass sie so etwas Ekelhaftes noch nie gesehen hat. Dann schleicht sie sich in den Kartenraum und genehmigt sich einen tröstenden Schluck aus einem Flachmann.)

(Tiefe Stimme:) Aber das ist ja Ekel erregend! Jetzt werde ich aber wirklich böse! (Hohe Stimme:) Aber guter Herr, das ist doch genau, was Sie haben wollten: Grünkohl mit Pinkel!

– Habt ihr das verstanden? Mit Pinkel hat er gesagt!

– Das stimmt ja gar nicht!, schreit Eva-Lena. Der reiche Knacker hat nicht »mit Pinkel!« gesagt, sondern »mit Würstchen!«.

– Juha verliert die Fassung.

– Nein, nein, protestiert er, ich habe mit Pinkel gesagt!

– Hast du nicht, insistiert Eva-Lena.

Ein paar andere pflichten ihr bei. Juha wird rot. Schon skandiert die ganze Klasse im Takt:

– Du hast dich versprochen, du hast dich versprochen!

Die Lehrerin kommt zurück und wundert sich über den Lärm.

– Kann man euch nicht eine Minute alleine lassen, ohne dass ihr gleich durchdreht?, schimpft sie.

Dann darf Juha weitermachen. Er hasst sie alle. Den Rest des Sketches führt er ohne Enthusiasmus auf. Er hat keine Lust mehr. Die anderen sind selbst schuld, wenn es nicht lustig ist. Geschieht ihnen recht.

Die Lehrerin setzt sich still hinters Pult, stößt auf, legt den Finger auf die Lippen und tut so, als höre sie interessiert und amüsiert zu.

Als Juha fertig ist, dreht er sich zu der Lehrerin um, um gelobt zu werden.

– Bist du fertig?, fragt die Lehrerin überrascht und klingt, als sei sie gerade aufgewacht.

– Ja. Fertig.

– Na ja, das war wirklich sehr lustig, sagt die Lehrerin und ordnet ihre Gesichtszüge, wir bedanken uns bei Juha für den lustigen Sketch.

– Sie klatscht langsam in die Hände und schaut gleichzeitig auf die Uhr.

– Ja, wenn nicht noch jemand anders möchte …

– Ich habe noch einen Sketch vorbereitet, murmelt Juha.

Das Lächeln der Lehrerin wird zu einer Grimasse.

– Sieh einer an, wie schön! Dann mach doch gleich weiter!

Sie steht auf.

– Ich muss noch kurz etwas erledigen. Entschuldigt mich bitte für einen Moment …

34

Der Schultag ist vorbei, doch Thomas traut sich nicht, nach Hause zu gehen. In voller Montur steht er da und starrt aus dem Fenster. Draußen ist Märzmatsch, Grauschleier, ewiger Winter, Langeweilewetter.

Zu Hause wartet seine Mama, die niemals etwas davon erfahren wird, sie deckt ihn abends zu, tröstet ihn und sagt ihm, dass nichts gefährlich ist.

Er möchte sie nicht traurig machen. Er möchte ihr nicht verraten, dass sie sich irrt.

Thomas presst sich gegen den heißen Heizkörper. Er hat seinen hässlichen braunen Mantel an, und auf dem Kopf hat er seine Pelzmütze. Er starrt aus dem Fenster.

Es gibt so vieles, das er niemals erzählen würde, falls überhaupt jemand fragt.

Sein Mund zittert. Thomas ist ein Mensch, der Angst hat, der Grund hat, Angst zu haben, dem es tausendfach bestätigt wurde, dass es Grund genug gibt, Angst zu haben.

Von allen Kindern in der Klasse wohnt Thomas am weitesten von der Schule entfernt. Er hat einen weiten Weg, einen weiten Weg.

Lennart und Stefan haben geschworen, irgendwo auf dem Weg auf ihn zu warten. Sie haben geschworen, ihn zu verprügeln, sie haben ihm mehr Prügel geschworen, als er je zuvor bekommen hat.

Weil er zwölf Jahre alt ist und noch nie gefickt hat und weil sein brauner Mantel so hässlich ist.

Aus keinem anderen Grund. Der braune Mantel, den seine

Mama für ihn genäht hat, ist nicht nach Lennarts und Stefans Geschmack.

Deshalb werden sie ihn verprügeln, und deshalb traut sich Thomas nicht, nach Hause zu gehen. Er steht da, die Nase ans Fenster und den Körper an die Heizung gedrückt. Unter den Kleidern schwitzt er, durch die Wärme hat es angefangen zu jucken. Er zittert, denn es gibt keinen Ausweg.

Es gibt nur einen Weg, und irgendwo auf diesem Weg warten Lennart und Stefan.

Er weiß, dass er irgendwann gehen muss, dass Lennart und Stefan alle Zeit der Welt haben, um zu warten.

Wieder einmal sammelt er Mut, um verprügelt zu werden.

Weiß, dass die Kindheit lang ist.

35

– Du bist ja noch immer da, sagt die Lehrerin, als sie kommt, um den Klassenraum abzuschließen, hattest du nicht Magenschmerzen?

Als Thomas nicht antwortet, schnaubt sie verächtlich und geht weiter in Richtung Lehrerzimmer, während sie murmelt:

– Na ja, das sieht man, was das für Magenschmerzen sind. Ich sag's ja. Jeder Versuch ist gut, außer er ist schlecht, aber die schlechten sind richtig schäbig.

Dann rülpst sie still und leise und verschwindet um die Ecke.

Jenny und Juha ziehen ihre Mäntel an. Außer Thomas ist keiner mehr da.

Juha geht zu Thomas und fragt, was los sei. Thomas tritt gegen den Heizkörper.

– Vorhin beim Turnen, das war total bescheuert!, versucht Juha. Lennart und Stefan haben echt nicht alle Tassen im Schrank.

Er macht ein paar Grimassen, um Thomas zum Lachen zu bringen.

Da dreht Thomas sich zu ihm um.

– Können wir nicht zusammen gehen?, fragt er.

Juha grinst geniert.

Ich gehe doch mit Jenny …

und Mama will, dass ich gleich nach Hause komme …

und –

– Ich weiß, dass sie da sind, flüstert Thomas.

– Na gut, seufzt Juha, ich geh mit dir.

36

Thomas wohnt hinter dem Sportplatz an einem Wendehammer, an dem in einem Schwung viermal das gleiche Einfamilienhaus gebaut wurde: rote Ziegelsteine mit Balkonen entlang der gesamten Längsseite. Andere Häuser gibt es nicht in der Nähe. Die Straße führt nur zum Wendeplatz, die Häuser sind das Ziel der Straße. Ehe die Häuser gebaut wurden, gab es dort keine Straße. Damals gab es dort nur eine Wiese. Die Straße endete im Nichts. Braun wie Braunbären sind die Telefonmasten, blassgrün ist das gefrorene Gras, milchweiß ist der Himmel, über dem irgendwo Gott sitzt in einem glänzenden Raum aus Kupfer.

Im Wald hinter dem Haus findet für gewöhnlich der Orientierungslauf statt, wenn die Schule Sportwettkämpfe veranstaltet. Nur wenige Meter hinter Karsks Grundstück verläuft ein beleuchteter Weg.

Sonst kommt nie jemand dorthin.

Eigentlich wohnt Thomas so weit entfernt, dass er besser mit dem Fahrrad zur Schule fahren würde, aber seine Mama erlaubt das nicht. Sie hat solche Angst, dass er stürzen und sich verletzen könnte. Thomas ist ein gehorsamer Junge, deshalb geht er zu Fuß, und irgendwo auf dem Heimweg liegen Stefan und Lennart auf der Lauer, um ihm mehr Prügel zu verabreichen, als er je zuvor bekommen hat.

Juha ist nervös und dreht sich andauernd um, Thomas ist verbissen und starrt geradeaus.

– So! Jetzt sind wir bald da!, sagt Juha, so munter er kann, als sie am Sportplatz vorbeigehen. Ich hab doch gesagt, dass nichts passiert!

Thomas schnaubt.

– Na ja, vor Lennart und Stefan braucht man auch keine Angst zu haben, versucht Juha eifrig, ihn zu überzeugen. Ich war schon mal bei Stefan zu Hause.

– Echt?, fragt Thomas skeptisch.

– Er hat seiner Mutter aus dem Portemonnaie Geld geklaut. Seine Mutter ist total eklig. Sie hat künstliche Fingernägel.

– Das hat meine Mutter auch, seufzt Thomas.

– Meine Mutter kaut an den Fingernägeln.

Sie verstummen für einen Augenblick und denken über ihre Mütter nach.

Dann beginnt Juha erneut:

– Lennart ist so bescheuert wie sonst was. Erinnerst du dich, wie er in Erdkunde den Vortrag über Dänemark halten sollte, und das Einzige, was er gefunden hatte, war ein uraltes Buch, und alles, was er erzählen konnte, war, wie viele Kühe und Schweine und Ziegen und Enten in Dänemark es vor vierzig Jahren gab.

Tolle Info!, sag ich. Das Einzige, das er gut kann, ist Fußball und Sport.

– Kann sein. Aber ich kann überhaupt nichts. Ich bin überall der Schlechteste.

– Nee, denn ich bin der Schlechteste im Schlagball.

– Weil du mit dem Mädchenball wirfst.

– Mit dem Mädchenball werfe ich jedenfalls noch weiter, als ich mit dem Jungenball werfen würde.

Sie schauen einander an und brechen in Gelächter aus.

Dann hören sie einen Pfiff hinter sich. Hastig drehen sie sich um. Hinter ihnen stehen Lennart und Stefan.

– Worüber lacht ihr, ey?, fragt Stefan grinsend.

– Juha, was machst du denn hier?, fragt Lennart.

Jetzt sind sie da.

37

Vier Jungen stehen mitten auf der Straße in einem Vorort. Eine Amsel schreit irgendwo weit oben aus dem bleiernen Himmel. Es tropft überall. Die Sonne wärmt. Bald wird es Frühling, und die Jungen werden ihre ersten Sommersprossen bekommen.

Lennart und Stefan kommen einige Schritte auf Thomas zu. Hier bewegt sich eine Gardine, dort wird eine Jalousie heruntergelassen. Jemand entscheidet, nichts zu sehen. Das ist Sävbyholm.

– Schau, kleiner Thomas, nur ein paar Meter bis zu Mama, höhnt Stefan, stell dir vor, fast hättest du es bis nach Hause geschafft.

Thomas schließt die Augen. Es pocht in der warmen Dunkelheit hinter den Augenlidern, und es gibt ihn nicht. Es hätten genauso gut fünfhundert Kilometer sein können.

Er denkt an das erste Schneeglöckchen, das er am Weg an der Südseite des Hauses entdeckt hat, er denkt daran, wie er sich gefreut hat, als er es sah, er hat mit den Fingern die harte Erde aufgegraben, um es den anderen Schneeglöckchen leichter zu machen, herauszukommen.

– Hört auf! Lass ihn in Ruhe!, schreit Juha und zerrt an Lennarts Jacke.

– Was ist denn mit dir los?, faucht Lennart und macht sich frei. Du hast das hier doch mit geplant. Superschlau, so zu tun, als würdest du mit Thomas nach Hause gehen, um zu spielen.

– Scheiße, du lügst! Thomas, das stimmt nicht!

– Tut es doch.

Lennart wendet sich an Thomas.

– Das wirst du gleich sehen, kleiner Thomas.

– Wer nicht auf unserer Seite ist, ist gegen uns, erklärt Stefan.

– Und Juha will hundert Pro auf unserer Seite sein, ergänzt Lennart.

Er dreht sich um zu Juha.

– Oder, Juha?

Juha wird unsicher. Die Katze spielt mit der Ratte, ehe sie sie tötet.

– Klar bin ich auf eurer Seite, ich will nur nicht, dass ihr –

– Beweis es, Juha!

Lennart hält Thomas' Arme auf dem Rücken fest.

– Wir halten ihn fest, du brauchst keine Angst zu haben. Er schlägt nicht zurück. Doch nicht der liebe, kleine Thomas!

Stefan tätschelt Thomas die Wange.

– Der liebe, kleine Thomas schlägt nicht zurück, und er petzt auch nicht, denn er ist ja so artig.

Juha könnte vor Furcht im Boden versinken.

Unglücklich schaut er zu Thomas, der flehend zurückschaut. Juha macht einen Schritt nach hinten und schüttelt den Kopf.

– Ich kann das nicht, murmelt er.

– Entweder du tust es, oder wir scheißen auf Thomas und verprügeln dich stattdessen!, erklärt Stefan sachlich. So sind die Regeln.

– Bis du kotzt, Scheißfinne!, zischt Lennart.

– So viele Schläge!

Stefan spuckt die Wörter aus wie Rotze.

Da schlägt Juha zu.

Er schlägt Thomas.

In die Magengrube schlägt er ihn.

– Nochmal!, befiehlt Lennart.

Juha schlägt noch einmal.

– Nochmal!, befiehlt Stefan.

Und Juha schlägt.

Er schlägt und er schlägt und er schlägt. Er beginnt zu weinen, während er schlägt, und er schlägt trotzdem.

Lennart und Stefan lachen nicht. Jemanden zusammenzuschlagen ist eine ernsthafte Angelegenheit.

Am Zaun vor Thomas' Haus ist ein Holzschild angebracht mit dem Text WILLKOMMEN BEI DER FAMILIE KARSK!

Das hat Thomas im Werkunterricht gemacht.

Die anderen machen Schemel, Küchenbrettchen oder Kerzenhalter. Thomas macht nur Schilder.

Wenn man die Buchstaben einbrennt, darf man alleine in den Schweißraum gehen. Deshalb produziert Thomas ein Schild nach dem anderen.

»Willkommen bei der Familie Karsk«, »Willkommen in Sävbyholm«. Willkommen, zur Hölle, willkommen!

Schließlich lassen sie Thomas los. Thomas bekommt kaum Luft und sinkt auf alle viere.

Im selben Augenblick öffnet Thomas' Mama die Haustür und ruft unruhig nach ihm.

– Bist du das, Thomas?

Ohne sich Schuhe anzuziehen, läuft sie hinaus.

Lennart und Stefan fliehen. Juha bleibt wie angewurzelt stehen.

Er ist zurück auf der Lichtung im Wald, wo er den Engel im Schnee erschaffen hat. Es ist Winter. Er ist alleine. Etwas kommt ihm entgegen. Ein Engel, ein Dämon. Er kann nicht laufen. Seine Füße sind schwer wie Blei.

– Was ist denn passiert?, ruft Thomas' Mama erschreckt und klopft Thomas ab. Und der Mantel, mein kleiner, kleiner

Schatz, der ist ja völlig zerfetzt! Haben sie dich wieder verhauen!

Sie schüttelt ihn.

– Haben sie?

– Ist nichts passiert, murmelt Thomas verbissen.

– Ach Junge, das seh ich doch!, sagt seine Mama und lässt ihn los, und dein Freund hier hat dir nach Hause geholfen! Das war ja mutig!

Sie streicht sich eine Haarsträhne aus der Stirn und streckt die Hand aus, um Juha zu begrüßen.

– Ich bin Thomas' Mutter. Wirklich nett von dir, Thomas zu helfen. Komm jetzt rein, dann gibt es Saft und Kuchen.

– Ich muss aber nach Hause, flüstert Juha.

– Nein, bestimmt Thomas' Mama, wir müssen dich irgendwie belohnen. Findest du nicht, Thomas, Schatz?

– Doch, flüstert Thomas, wir müssen ihn belohnen.

38

Du hast geschwiegen. Genau, wie du jetzt schweigst. Und ich habe mich so schrecklich geschämt. Kannst du das verstehen? Ich schäme mich noch immer. Ich schäme mich, und du schweigst. Auch eine beschissene Beziehung.

Warum kommt keine Antwort von dir?

Kommen meine Briefe nicht an?

Ich schicke die Briefe nach Sävbyholm, an deine alte Adresse, ohne zu wissen, ob dort jemand die Briefe weitergeben kann. Ich bin einfach davon ausgegangen.

Vielleicht habe ich in allen diesen Jahren meine Briefe ins Nichts hinausgeschickt.

Genau wie die Radiosignale, die in den Weltraum gesendet werden, um Antwort zu bekommen. Ich finde nicht, dass ich zu viel verlange. Ein paar Zeilen, einen Gruß, das solltest wohl sogar du zustande bringen.

39

Thomas' Mama tischt Saft auf und einen deutschen Kuchen, garniert mit Trockenfrüchten. Ununterbrochen redet sie auf Juha ein, so als ob Thomas gar nicht im Zimmer wäre oder so als ob Juha erwachsen wäre und Thomas nicht.

– Nimm nur ein ordentliches Stück, sagt sie und schiebt Juha aufmunternd das Tablett zu, der Kuchen kommt aus Deutschland, er ist voll mit Rosinen und Früchten. Rosinen magst du sicher, oder? Nimm ein richtig, richtig großes Stück, du kannst wohl noch, oder? Sei doch nicht so schüchtern, du kannst wohl noch! Na bitte!

Sie setzt sich auf den Stuhl neben Juha, das Kinn in die Hände gestützt, und betrachtet ihn sehr genau.

– Aha, du bist also Juha, sagte sie forschend. Juha. Ist das ein schwedischer Name?

– Finnisch, murmelt Juha.

– Ach, Finnland ist so schön!, jubelt Thomas' Mama und haut mit der Faust auf den Tisch. Und Sibelius!

Sibelius! Sonst sind die meisten Komponisten ja Deutsche …

Und so versinkt sie in sich selbst, träumt sich fort in das Bayern ihrer Kindheit, um dann plötzlich so laut auszurufen, dass Juha zusammenzuckt: Bababa baaa!

Sie lacht.

– Das kennst du, oder? Beethoven. Bababa baaa!

Sie lacht laut, bricht jedoch plötzlich ab, um bekümmert ihren Sohn anzusehen.

– Ach, wenn ich doch verstehen könnte, warum sie so hässlich zu Thomas sind! Warum sind sie so böse, Kind?

Zärtlich zerzaust sie Thomas das Haar, sofort schlägt Thomas ihre Hand fort. Sie lacht.

– Das darf ich nicht mehr. Er ist ein großer Junge geworden. So eigenwillig. Ärgerst du dich auch, wenn deine Mutter dich streicheln will, Juha?

Sie wartet nicht auf die Antwort.

– Jaja, die Mütter sind alle gleich. Aber wir müssen wirklich etwas gegen die gemeinen Jungs unternehmen, hab ich Recht, Juha? Soll ich die Klassenlehrerin anrufen, soll ich das tun? Aber du hast ja auch nette Kameraden, Thomas. Wie Juha zum Beispiel.

Erneut wendet sie sich an Juha.

Ich kann dir gar nicht genug dafür danken, dass du Thomas geholfen hast. Das war sehr mutig von dir.

Darauf wieder zu Thomas:

– Und du gehst jetzt in die Badewanne.

Nur um sich wieder an Juha zu wenden:

– Badest du auch gerne, Juha? Thomas mag es nicht, wenn er Seife in die Augen bekommt. Also ich mag die Klassenlehrerin ja nicht. Auf dem letzten, wie heißt es noch gleich, ja, Elternabend, hatte sie ein blaues Auge. Gegen eine Tür ist sie gelaufen, hat sie behauptet. Ich weiß wohl, was für eine Tür das gewesen ist.

Plötzlich klatscht sie voller Entzücken in die Hände.

– Aber natürlich! Jetzt hab ich es! Mutti bekommt das hier schon hin. Ein Fest! Wir veranstalten ein großes Fest für dich und laden alle aus deiner Klasse ein. Mit Spielen und Preisen und leckerem Essen und vielleicht auch mit Disko. Dann bist du beliebt. Juha, was sagst du? Glaubst du nicht, dass ein Fest, wie heißt das, hinhaut?

– Vielleicht, ich weiß nicht genau, stammelt Juha, aber Thomas' Mama hört nicht zu. Der Gedanke an das Fest hat sie so begeistert, dass sie aufspringt und in der Küche hin und her läuft, so, als ob ihr das beim Denken helfen würde.

– Das wird natürlich teuer, argumentiert sie laut mit sich selbst, aber das soll es uns wert sein.

Sie bleibt neben Thomas stehen und misst ihn mit einem Blick, als würde sie seinen Wert abschätzen.

– Liebes Kind, du bist ja doch das Teuerste, das ich habe, nicht wahr? Also, so wird's gemacht! Was für eine gute und schöne Idee. Danke, lieber Juha, für die Hilfe.

Als sie erneut nach Juhas Hand greift, merkt sie, dass etwas nicht stimmt.

– Was ist los? Spreche ich zu viel?

Sie lässt Juha los und atmet tief ein.

– Ich verstehe. Ihr wollt in Ruhe gelassen werden. Ihr denkt: Ist die arme Frau nicht bald fertig, damit wir endlich in Ruhe quatschen können? Jaja, Mütter sind doch alle gleich. Ich gehe augenblicklich! Ihr habt natürlich viel zu besprechen. Nimm ruhig mehr Kuchen, sei doch nicht so bescheiden. Ich setze mich ins Nähzimmer, dann habt ihr eure Ruhe. Ich nähe gerade einen Anzug für Thomas.

Sie zwinkert ihnen zu und verschwindet, steht aber einen Augenblick später wieder in der Küche.

– Hör mal, ich hab noch eine Idee! Ich mach den Anzug zum Fest fertig. Das wäre doch sicherlich ganz, äh, wie heißt das noch gleich? ... na, das da mit der rauschenden Ballnacht. Oh, ich mache mich sofort an die Arbeit.

Aufgeregt verlässt sie die Küche ein zweites Mal.

Als sie alleine sind, steht Juha auf.

– Ich geh jetzt.

– Ich versteh das, antwortet Thomas leise.

– Total ekliger Kuchen übrigens.

– Ich weiß.

Thomas schlägt Juhas Stück Kuchen in Haushaltspapier ein und reicht es ihm.

– Hier, kannst ihn ja auf dem Weg wegwerfen, und ich erzähl Mama, wie sehr du ihn mochtest.

– Danke.

– Danke, dass du mit zu mir nach Hause gekommen bist.

Er zögert und beißt sich auf die Unterlippe, sagt wie nebenbei:

– Du kannst ja trotzdem irgendwann mal wieder vorbeikommen, wenn du willst.

Juha murmelt irgendetwas Unverständliches. Sie gehen zur Haustür.

– Übrigens, sagt Juha, du musst deiner Mutter stecken, dass man einfach keine Kinderfeste mehr macht, wenn man in die sechste Klasse geht. Das ist total lächerlich. Du wirst dich vor der ganzen Klasse unmöglich machen.

– Ich weiß.

– Willst du schon gehen?, ruft Thomas' Mama aus dem Nähzimmer. Das ist aber schade. Warte, ich gebe dir noch etwas mit!

Die Nähmaschine verstummt. Sie galoppiert an ihnen vorbei in die Küche und kehrt mit dem restlichen Kuchen in der Hand zurück.

– Hier. Nimm den Kuchen mit. Für deinen Vater und deine Mutter und deine Geschwister. Hast du Geschwister?

– Eine kleine Schwester, murmelt Juha und nimmt den Kuchen entgegen.

Thomas' Mama legt den Arm um Thomas' Schulter.

– Eine kleine Schwester. So, so. Thomas ist ein Einzelkind. Das ist wahrscheinlich der Fehler. Na, dann mach's gut, Juha, und noch einmal danke für deine Hilfe.

Wieder schüttelt sie herzlich seine Hand.

– Und versprich, dass du von jetzt an öfter hierher kommst und mit Thomas spielst, jetzt kennst du ja den Weg. Du kannst kommen, sooft du willst.

– Danke. Ich komme bestimmt, murmelt Juha und räuspert sich, versucht, ihrem flehenden Blick auszuweichen.

– Wie schön, wie schön! Ich bin so froh, dass Thomas einen richtigen Freund gefunden hat. Hier hast du noch etwas Geld!

Bevor Juha protestieren kann, nimmt sie einen Fünfkronenschein aus ihrem Portemonnaie und drückt ihn ihm in die Hand.

– Für Süßigkeiten, vielleicht einen Comic. Das hast du verdient.

Plötzlich greift sie nach Juha. Umarmt ihn. Es tut weh. Juha bekommt Angst.

– Jetzt müsst ihr, wie heißt das, Kontakt halten, ja?

– Also, Thomas!, sagt er.

– Sag jetzt tschüs zu deinem Freund, Thomas!, befiehlt die Mutter.

– Tja, wir sehn uns dann Montag, sagt Thomas.

Juha geht. Thomas' Mama winkt, den anderen Arm um die Schulter ihres Sohnes gelegt, und schließt dann die Tür, während sie ihren Sohn hineinschiebt.

Am Zaun dreht Juha sich um und schaut auf das Schild von Thomas: WILLKOMMEN BEI DER FAMILIE KARSK!, und auf einmal fühlt sich alles kaputt an und so unsäglich traurig, dass er es kaum erträgt.

An der großen Straße wirft er den Kuchen so weit von sich, wie er kann. Kaum ist er auf die Erde gefallen, wird er von einem Auto zermatscht.

Die Amsel singt, weil sie kein Mensch sein muss.

40

Ich schaue aus dem Fenster. Es regnet.

Es hat geregnet, und es wird weiterregnen.

Ohne Unterbrechung fällt der Regen, wie zur Erinnerung daran, dass alles fällt.

Früher oder später fällt es.

Es spielt keine Rolle, ob du antwortest. Ich schicke trotzdem weiterhin meine Briefe. Wenn ich jetzt schon acht Jahre lang geschrieben habe, kann ich noch eine Weile weiterschreiben. Ich denke so oft über die Kindheit nach.

Als ich klein war, konnte ich zaubern. Ich konnte Wunder vollbringen, Wunden heilen und auf dem Wasser gehen, ungehindert Zeit und Raum überschreiten, ich konnte die Welt verwandeln oder eine neue erschaffen.

Als ich klein war, konnte ich zaubern.

Das war, ehe sie mich lehrten, dass ich es nicht konnte.

Als ich klein war, lachte ich wie ein Kind, mein Gemüt war das eines Kindes, und ich hatte Kindergedanken.

Das haben sie mir genommen, und ich habe das Recht, sie dafür zu hassen, denn das, was sie mir angetan haben, das, was sie uns angetan haben, hat uns zu halben Menschen gemacht.

Das Schrecklichste an Sävbyholm war die Stille.

Nicht still und friedlich, sondern still und bedrohlich war es. Etwas Schweres, Feuchtes drückte die Sävbyholmer zu Boden. Es gab keine Geräusche. Alles war wie in Watte gepackt, betäubt, eingebettet in verräterisch schönes Grün, und Gott war tot.

Dort wuchsen wir auf ohne die Fähigkeit, irgendetwas in Frage zu stellen.

Ich wollte, dass Sävbyholm mich liebt. Das tat es nie. Aus irgendeinem Grund entschied es, dass ich nicht hineinpasste. Also habe ich Sävbyholm verlassen, um nicht unterzugehen. Ich habe geglaubt, ich könnte Abstand gewinnen von Sävbyholm, ich habe geglaubt, ich sei stärker, ich würde den Sieg davontragen.

Und hier bin ich jetzt, ausgestoßen, bettle darum, geliebt zu werden. Von irgendjemandem, wem auch immer, von einem Einzigen. Was ich heute auf der Bühne zustande bringe, sind die Reste meiner Zauberei, verdünnt durch billige Tricks und Routinespäße. Inzwischen mache ich es für Geld. Um die Miete bezahlen zu können und Strom und Gas und Essen und Telefon. Und ich bin nicht halb so gut wie damals. Sie haben mir die Kraft genommen, als sie mich lehrten, dass ich ein Niemand war.

Ich blicke zurück auf unsere Kindheit in Sävbyholm, und ich trauere. Ich trauere und hasse.

Wie sie uns verstümmelt haben, Thomas.

Uns zu halben Menschen gemacht haben.

Ich habe es nicht vergessen und nicht verziehen.

Du wärst viel zu nett, um zu hassen. Aber du kannst ganz beruhigt sein.

Ich werde auf deine Rechnung hassen.

41

LIED, DAS VON JUHA ZUM ERSTEN MAL AUF EINEM SCHULAUSFLUG NACH DALARNA VORGETRAGEN WURDE, DANN BEI MEHREREN GELEGENHEITEN WÄHREND DER »LUSTIGEN STUNDE« UND EINIGE MALE AUF WUNSCH AUF DEM SCHULHOF. JUHAS GRÖSSTER ERFOLG NEBEN »TOT, TOT«. DAS LIED KLAUTE JUHA ÜBRIGENS VON »RISKEN FINNS« – EINER MUSIKGRUPPE, DIE ER ZUHAUSE BEI SEINEN KUSINEN AUF EINER SCHALLPLATTE GEHÖRT HAT.

Sie nennen mich Adolf, auch ohne Mustasch
Fried und Harmonie verlade ich rasch
Mich unterstützt nur, wer nicht denkt
Und wer denkt, der wird erhängt

Mich lieben die Frauen mit mehr Schminke als Herz
Mit goldenen Rolls-Royce und mit Schlüpfern aus Nerz
Sie bilden des Landes Majorität
Die mich nicht lieben, verschwinden diskret

Das mit den Leichen klappt auch recht gut
Zum Beispiel bei unserer letzten Wahl
Litten meine Konkurrenten große Qual

(Diese Strophe hat sich Juha ganz alleine ausgedacht.)

Sie nennen mich Adolf, auch ohne Mustasch
Fried und Harmonie verlade ich rasch
Und ist ein Neger, dann sag ich: So'n Mist
Schade für dich – ich bin Nationalsozialist

(Hier war das Lied plötzlich zu Ende, was Juha jedes Mal ein wenig genierte.)

42

Zweimal im Leben hat Thomas Glück gehabt. Das erste Mal, als er in Lions Weihnachtslotterie einen Römertopf gewann. Das zweite Mal, als er bei der Radiosendung »Bis dreizehn« mitmachen und mit Ulf Elfving sprechen durfte.

Zwar hatte er dorthin geschrieben, aber er hatte doch niemals erwartet, dass sie anrufen würden. So etwas passiert ja eigentlich nicht.

Aber an einem Mittwochabend riefen sie plötzlich an und sagten, er sei dabei.

– Hallo Thomas!, sagte Ulf Elfving.

Darauf sagte Thomas überhaupt nichts, denn das war ja irgendwie keine Frage.

– Und von wo rufst du an?

– Sävbyholm, antwortete Thomas, und er wusste, dass er jetzt sagen musste, wo genau das liegt.

– Und wo genau liegt das?

– Fünfzehn Kilometer nördlich von Stockholm, flüsterte Thomas' Mama und stieß ihn an.

– Aua, sagte Thomas, fünfzehn Kilometer nördlich von Stockholm.

– Aha, sagte Ulf Elfving, und dort gehst du in die Schule und fühlst dich wohl?

– Wie?, fragte Thomas.

– Na ja, wenn du elf Jahre bis ... gehst du in die Fünfte, rechnete Ulf Elfving, das ist doch spaßig!

– Geht so, sagte Thomas.

– Bestimmt ist es anstrengend, so eine Menge zu lernen,

sagte Ulf Elfving, aber mit den Schulkameraden ist es doch sicher lustig!

– Ja, sagte Thomas.

– Hast du ein paar nette Schulkameraden?, fragte Ulf Elfving.

Was sollte er antworten?

– Ja, antwortet Thomas.

– Mmm, sagte Ulf Elfving, und was heckt ihr immer so aus?

– Weiß nicht, sagte Thomas.

– Alles Mögliche vielleicht?, fragte Ulf Elfving.

Da antwortete Thomas nicht.

– Sieht aus, als wäre es echt lustig bei euch, sagte Ulf Elfving, vielleicht sollten wir mal zur Frage kommen, welche Nummer möchtest du?

Dreimal in seinem Leben hat Thomas Glück gehabt, denn jetzt sagte er eine passende Nummer. So etwas passiert eigentlich nie, aber die Glocke ertönte, und Ulf Elfving sagte:

– Hui!

und

– Nein, was für ein Glück.

Thomas wusste, dass dieses der wichtigste Augenblick seines Lebens war.

Dann konnte er die Frage nicht beantworten.

Die halbe Klasse hörte zu.

Welcher Berg ist der höchste Berg Europas?

Es stand völlig still in Thomas' Kopf.

– Welcher Berg ist der höchste in Europa?, wiederholte Ulf Elfving.

Die Frage war nicht einmal schwierig. Sie war einfach und klar wie Bergluft. Thomas sah einen hohen und schönen

Berg vor sich, glänzender Schnee auf der Spitze. Am Fuße des Berges stand eine Alphütte, und Ziegen grasten, und der Gipfel war hoch, hoch oben im blauen Himmel.

– Mount Everest, flüsterte Thomas, und er wusste von Anfang an, dass es falsch war.

Die halbe Klasse hörte zu.

Während des restlichen Schuljahres zwang die Lehrerin sie, die Berge Europas zu lernen.

Wenn man Thomas mitten in der Nacht weckt und ihm einen violetten Punkt auf der Europakarte zeigt, ruft er: Mont Blanc, Mont Blanc, Mont Blanc.

– Das ist Pech, sagte Ulf Elfving tröstend, aber du darfst ja trotzdem dein Wunschlied hören, welches ist es?

– »Mach dich auf«, murmelte Thomas.

– Das legen wir auf, sagte Ulf Elfving, gewünscht von Thomas Karsk, elf Jahre, aus Sävbyholm. Tschüs, Thomas.

Das waren die letzten Worte, die Ulf Elfving zu Thomas sagte.

Das nächste Gespräch bei »Bis dreizehn« ging über den Sender und das nächste und das nächste, während Thomas noch immer mit dem Telefonhörer in der Hand dasaß.

»Mach dich auf, blauer Vogel
flieg, so weit es geht
Mach dich auf, mach dich auf
wohin der Wind dich weht.«

43

Wenn es zur Pause klingelt, rennen alle schnell nach draußen. Es ist schwer, zu verstehen, warum. Auf dem Schulhof gibt es nichts zu tun. Das kleine Völkerballfeld bei der Fahnenstange ist schnell von einigen Sechstklässlern besetzt. Das ist alles. Nicht einmal Hüpfekästchen sind auf den Asphalt gemalt, wie auf dem Hof der ein paar hundert Meter entfernt liegenden Grundschule.

Die meisten Kinder stehen während der Pause in Trauben zusammen und hängen herum, bis die Glocke läutet und sie wieder hineingehen müssen.

Sie rennen hinein.

Wie einfältige Kühe. Wie willenlose Idioten. Die Clocks der Kinder klappern auf dem Steinfußboden.

Clocks!

Am Anfang sind sie immer unbequem. Man muss in ihnen gehen. Schnell passen sich Holz und Leder dem Fuß an. Die Clocks eines anderen zu tragen ist unangenehm.

Und natürlich haben sie alle Clocks. Das ist natürlich, wie die Tatsache, dass die Sonne jeden Tag auf- und untergeht und dass Olof Palme und Gunnar Sträng über Schweden bestimmen. So ist es doch immer gewesen.

Aber es weht ein Wind der Veränderung. Pia, Li und Eva-Lena haben Clocks mit handbemaltem Muster aus Dalarna bekommen. Die schwarzen einfachen sind nicht mehr gut genug.

Jenny wünschte, sie hätte Clocks mit einem handbemalten Muster aus Dalarna, aber sie darf überhaupt keine tragen. Ihr Vater findet, dass kleine Mädchen in Sandalen gehen sollten, also trägt Jenny Sandalen.

Sandalen, unmoderne Hosen, eine entsetzlich hässliche Haarspange im strähnigen Haar und nicht die Andeutung eines Busens.

Manchmal schlägt Jenny sich auf die Brust, damit sie anfängt zu wachsen.

Die Clocks von Lennart und Stefan sind schon völlig abgelaufen. Das ist echt stark.

Cordhosen zu haben, bei denen der Cord abgescheuert ist, ist genauso stark. Solche hat Jenny wenigstens, wenn auch nur ein einziges Paar. Rote. Die hat sie so oft wie möglich an. Einmal hat Eva-Lena sie angeschrien, sie sei ekelhaft, weil sie nie die Kleider wechselt und stinkt.

Aber Eva-Lena selbst stank, und zwar nach Pferd.

Doch das hat sich Jenny natürlich niemals zu sagen getraut.

Die Tollsten haben Jeansjacken mit abgeschnittenen Ärmeln, die an den Schultern ausgefranst sind. Auf dem Rücken der Jeansjacke haben sie entweder einen großen gestickten Aufnäher, oder sie haben mit Filzstift selber etwas darauf geschrieben.

»Black Sabbath« beispielsweise, oder »Deep Purple« oder »Alice Cooper« oder »B.T.O.«.

Eines Tages kommt Erik mit Plateauclocks zur Schule. Das ist das Allerneuste. Er versucht unbeteiligt zu wirken, als die Klassenkameraden sich um ihn drängen, als sei das die natürlichste Sache auf der Welt und als hätte es gar nichts mit den Plateauclocks zu tun.

Eigentlich hätten die Plateauclocks besser zu Pia gepasst. Alles kleidet Schönheit.

Pia ist das beliebteste Mädchen in der Klasse. Sogar ihre Pickel sind attraktiv.

Schon in der Vierten hat sie Busen bekommen. Jetzt, in der Sechsten, hat sie richtige Bomber.

Bomber. Ballons. Melonen.

Jenny schlägt sich auf die Brust, damit sie wächst.

Mädchen sind in der Entwicklung zwei Jahre voraus. Zumindest sollten sie es sein, wenn mit ihnen alles in Ordnung ist.

Jenny isst Schokolade, um in ihrem lächerlichen, schlichten Kindergesicht Pickel zu bekommen. Sie betet zu Gott, dass die Pubertät über sie kommen und sie mit sich fortschwemmen möge.

Fort von der Kindheit, fort von den ausgestopften Tieren, fort von Sävbyholm.

Fort.

Ein paar der Mädchen brauchen dann und wann nicht mitzuturnen, weil sie ihre Tage haben. Pia und Eva-Lena natürlich. Aber auch Cilla und Lotta und Mette.

Obwohl Mette blufft. Das weiß Jenny todsicher. Jenny hätte auch bluffen können, wenn sie nur nicht immer so schnell rot werden würde.

Pias beste Freundin ist Eva-Lena. Eva-Lena ist der schlechteste Mensch der Welt. Sie ist arrogant und hochnäsig und stinkt nach Pferd. Genau genommen riecht Pia auch nach Pferd, aber bei Pia macht das nichts.

Alle in der Klasse buhlen um Pias und Eva-Lenas Gunst. Besonders Juha tut alles, um ihnen zu gefallen. Wäre er gezwungen, zwischen ihnen und Jenny zu wählen, hätte sie keine Chance.

Doch Jenny weiß, dass er Angst vor den beiden hat. Das sieht sie ihm an. Übrigens haben sie alle Angst vor Pia und Eva-Lena. Sie selbst auch. Manchmal träumt sie, dass sie zum Spielen mit ihnen nach Hause gehen darf.

In ihrer Fantasie gehen sie nach Hause zu Pia. Sie wohnt in einem Reihenhaus auf der anderen Seite der Schnellstraße.

Jenny weiß genau wo, obwohl sie noch nie bei Pia zu Hause gewesen ist. Nicht einmal bei einem Fest, denn Jenny wurde nicht eingeladen.

Jenny hatte Pia zu ihrem Fest eingeladen, aber Pia war nicht gekommen. Keiner war gekommen. Juha hatte Mittelohrentzündung gehabt, und alle anderen hatten abgesagt.

Jenny hasst Pia nicht. In ihrer Fantasie geht sie mit Pia zum Spielen nach Hause, und sie haben eine Menge Dinge zu besprechen, und Pia erzählt Jenny Geheimnisse, die nicht einmal Eva-Lena hören darf, und Jenny verspricht hoch und heilig, niemandem auf der ganzen Welt etwas davon zu erzählen.

Sie lesen »Starlet« und schminken sich gegenseitig, und Pias Mama fragt, ob Jenny nicht zum Mittagessen bleiben möchte, und das möchte sie natürlich. Eva-Lena muss nach Hause gehen, aber Jenny sitzt zusammen mit Pias ganzer Familie bei Tisch. Spaghetti mit Hackfleischsauce, und zum Nachtisch einen Milchshake, den Pias Mama mit ihrem modernen Mixer gemacht hat. Dann hören Jenny und Pia Schallplatten und flechten sich gegenseitig das Haar, und dann lachen sie sich schlapp, und dann fragt Pia, ob Jenny nicht über Nacht bleiben will, und dann liegen sie die ganze Nacht wach und schwatzen.

Aber so wird es natürlich niemals sein.

Sie und Pia sind seit fast sechs Jahre in derselben Klasse. Trotzdem haben sie kaum miteinander gesprochen. Eva-Lena hingegen ist erst in der vierten Klasse nach Sävbyholm gezogen, aber sie und Pia wurden sofort die besten Freundinnen.

Gleich hinter der Schultür ist ein Schild befestigt, auf dem steht REGENPAUSE.

Ist das Schild beleuchtet, muss man nicht nach draußen gehen.

Während all der Jahre, die Jenny zur Sävbyholmschule geht, leuchtet das REGENPAUSE-Schild kein einziges Mal.

Ob es schneit oder regnet, egal wie schrecklich kalt es auch sein mag. Das REGENPAUSE-Schild ist nur eine Täuschung, ein Traum, den die Kinder träumen, der jedoch niemals Wirklichkeit wird.

44

Juha ist so aufgeregt, dass er nicht einmal in Ruhe die Jacke ausziehen kann, als sie zu ihm kommt. Auch die Schuhe nicht, Hauptsache, sie beeilt sich. Er zerrt und zieht an ihr. Als sie fragt, was denn passiert sei, kann Juha sich nicht länger beherrschen: Wir haben einen Farbfernseher gekauft!

– Einen Farbfernseher!, seufzt Jenny und verdreht die Augen. Entschuldige, dass ich das sage, aber ihr seid die Letzten in Sävbyholm mit einem Farbfernseher.

– Glaubst du, ich weiß das nicht?, fragt Juha. Aber dieser hier hat eine Fernbedienung!

Er lässt sie jeden einzelnen Buchstaben auf der Zunge zergehen.

– Is nich wahr!, sagt Jenny.

– Doch!, sagt Juha und schleppt Jenny mit sich ins Wohnzimmer, wo Bengt damit beschäftigt ist, den Fernseher anzuschließen.

Marianne sitzt auf dem Sofa mit dem Daumen im Mund und einem Draculacomic in der Hand und wartet darauf, dass Papa fertig wird, damit sie das Kinderprogramm anschauen kann.

– Vorsicht!, ruft Ritva gestresst, als Juha und Jenny hineinkommen. Papa probiert gerade die Fernbedienung aus.

Ihr dürft unter keinen Umständen in den Weg gehen! Man kann nie wissen, was das für merkwürdige Wellen sind, die aus einem blöden Apparat kommen! Na, jetzt mach schon, Bengt!

Sie macht es sich auf dem Sofa bequem. Juha setzt sich daneben. Jenny steht dahinter. Ritva ist so nervös, dass sie einen Moment lang meint, sie müsse Marianne die Hand vor die Augen halten, um sie zu schützen.

Die ganze Familie blickt erwartungsvoll vom Fernseher zu Bengt und dann wieder zum Fernseher.

Nichts passiert.

– Jetzt drück doch, Bengt!, mahnt Ritva.

– Tu ich doch!

Bengt hält die Fernbedienung, als sei sie aus Glas.

Vorsichtig, sehr vorsichtig drückt er auf die Knöpfe. Er drückt und drückt. Auf seiner Stirn tritt Schweiß hervor.

Er schwenkt die Fernbedienung hoch und drückt und drückt und drückt.

Nichts passiert.

– Mit dem Fernseher stimmt etwas nicht, sagt er schließlich mit einem Kloß im Hals.

Ritva geht zum Fernseher und schlägt darauf, ein einwandfreies Bild ohne Ton.

– Der Fernseher ist prima, murmelt sie, du machst etwas falsch!

Sie reißt ihm die Fernbedienung aus den Händen.

– Also, jetzt mach ich lauter!, teilt sie den anderen mit.

Nichts passiert.

– Jetzt mach ich nochmal lauter!

Nichts passiert.

– Vielleicht steh ich zu weit weg, sagt Ritva verbissen und versucht positiv zu bleiben, jetzt schalt ich um!

Schritt für Schritt nähert sie sich dem Fernseher und drückt dabei so heftig auf die Tasten, dass die Knöchel weiß hervortreten. Schließlich hält sie die Fernbedienung direkt gegen den Bildschirm und schreit:

– SCHALT ENDLICH UM, DU VERDAMMTE SCHEISSFERNBEDIENUNGSFOTZE!

– Darf ich mal?, sagt Juha und greift nach der Fernbedienung.

– Finger weg!, schreit Ritva. Du kannst Krebs bekommen! Nein, das Ding ist kaputt, und Gott weiß, was da alles ausströmt! Ich schließe es in der Vitrine ein.

– Das ist trotzdem ein schöner Fernseher, versucht es Jenny.

– Zieh die Schuhe aus, verfluchte Göre!, faucht Ritva blitzschnell. Stapfst du zu Hause auch in Straßenschuhen durch die Wohnung?

Von diesem Tag an bleibt die große, plumpe Fernbedienung in der Vitrine. Dort liegt sie zusammen mit den finnischen Weihnachtstellern und der Familienbibel als einer der magischen und heiligen Kulturgegenstände der Familie, wie etwas, über das man nicht spricht. Ein paarmal im Jahr holt Juha sie heimlich hervor, um auszuprobieren, ob sie nicht wie durch ein Wunder angefangen hat zu funktionieren.

Das hat sie nicht.

Einen Moment steht Juha und drückt und schwenkt sie vor dem Fernseher hin und her und legt sie schließlich zurück an ihren Platz.

Allmählich haben fast alle in der Nachbarschaft einen Fernseher mit Fernbedienung, und das plumpe, grobe Ding der Familie Lindström gleicht zunehmend einem Gegenstand aus der Steinzeit und nicht einem elektronischen Wunderwerk.

Eines Tages in einer fernen Zukunft wird der Verlobte der inzwischen erwachsenen Marianne die Fernbedienung finden, sie anschauen und fragen, warum keine Batterien eingesetzt worden sind.

Aber das ist, wie gesagt, in einer fernen Zukunft, die ja niemand mit Sicherheit vorhersagen kann.

45

Die Welt, in die ich hineingeboren wurde, gibt es nicht mehr.

Sie ist ebenso Geschichte wie das achtzehnte Jahrhundert, ebenso unbegreiflich. So fallen die Helden. So sterben die Dinosaurier aus.

So fallen die Leninstatuen und Sozi-Regierungen, und die Welt wird strahlend neu und leer.

Wie Stahl so kalt.

Auf den Höhlengemälden der Zukunft werden Astronauten zu sehen sein, die auf dem Mond gehen. Vor langer Zeit wurde das als wichtig und denkwürdig erachtet. »Ein kleiner Schritt für einen Menschen, aber ein großer Schritt für die Menschheit.« Das sagte einer von ihnen, aber auch das werden wir vergessen.

In der Welt, in der ich aufwuchs, rüsteten der Osten und der Westen um die Wette, und der Wettlauf um den Weltraum war in vollem Gange.

Wettlauf um den Weltraum, was für ein Gedanke! Eine Flash-Gordon-Fantasie aus der Steinzeit.

Aber damals war das die Realität. Sie prägte unser Heranwachsen.

Wie die Sowjetunion. Als ich klein war, gab es ein Imperium, größer als das Römerreich jemals war, wie sollen meine Enkelkinder mir das je glauben können. Unsagbar stark war die Sowjetunion. Jahr für Jahr gewannen sie die Eishockey-WM, mit ihren Panzern walzten sie die Tschechoslowakei platt, bedrohten die ganze Welt mit ihren Vernichtungswaffen, und nichts konnte den gewaltigen Koloss bremsen, der entschieden alles zermalmte, was ihm in den Weg kam.

Poff. Fort.

Welche Sowjetunion?, fragen die Enkelkinder.

So fallen Helden. So sterben Dinosaurier aus. Fort ist fort. Auf dem Schlachtfeld wächst das Gras wieder dicht und üppig. Die Zeit heilt nicht alle Wunden, aber sie vertreibt den Leichengeruch.

Wir richten uns auf und sehen uns um, und nichts ist mehr, wie es vorher war.

Nicht einmal das auf ewig Unveränderliche.

Alles fällt. Nichts hat Bestand. Weder unsere Kindheit noch Sävbyholm, weder Ingemar Stenmarks Großartigkeit noch die von Björn Borg, nicht die Astronauten, nicht die Sowjetunion, unsere Schritte sind winzig klein, und überhaupt kein Schritt ist für die Menschheit.

Man muss die Zähne zusammenbeißen, hart werden.

Es geht vorüber. Es kommt etwas anderes. Das wilde Tier tobt, doch seine Zeit ist kurz. Damals war es die Realität, und sie prägte uns, aber was fort ist, ist fort, und es fällt uns schwer, uns zu erinnern, warum wir solche Angst hatten. Aus der Distanz scheint es uns klein und schäbig, wahrscheinlich haben wir uns die Gefahren nur eingebildet, sicher tat es gar nicht so weh, wie wir es damals empfanden.

Nichts ist schwerer, als sich zu erinnern.

Ich erinnere mich an unsere Kindheit in Sävbyholm als ein einziges Grausen, als würde ich in dem gewaltigen und kalten Schatten eines verbissenen Engels stehen.

46

– Seid ihr ineinander verliebt?, fragt Marianne plötzlich eines Abends, als Jenny zum Essen geblieben ist.

Jenny wird rot.

– Halt die Klappe, doofe Kuh, sind wir gar nicht!, schreit Juha.

– Ssss, sagt Ritva.

– Was? Worüber sprecht ihr?, fragt Bengt.

47

Jenny muss all ihren Mut zusammennehmen und fragen.

Obwohl es eigentlich dumm ist. Eigentlich sollte sie es geheim halten. Denn solange es geheim ist, kann sie es sehen, wie sie will, sie braucht sich nicht nach jemand anderem zu richten.

Aber sie muss fragen. Sie muss riskieren, alles zu zerstören.

In »Die Brüder Löwenherz«, das ist Jennys Lieblingsbuch, steht an einer Stelle, dass man manchmal etwas machen muss, was man sich eigentlich nicht traut, denn sonst sei man kein Mensch, sondern Dreck.

Es versetzt ihr jedes Mal einen Stich, wenn sie an diesen Satz denkt.

In ihrem ganzen Leben hat sie sich noch nie etwas zugetraut.

Sie fühlt sich als Dreck.

Sie fühlt sich als Dreck, der ein Mensch werden möchte.

48

Im Schlafzimmer von Jennys Mutter gibt es zwei Kleiderschränke. In dem linken verwahrt Jennys Mutter ihr Hochzeitsfoto. Warum, weiß Jenny nicht. Es ist immer so gewesen.

Manchmal, wenn keiner zu Hause ist, holt Jenny es hervor und schaut es an, und irgendwie ist es, als würde sie etwas Verbotenes tun.

Es ist ein eingerahmtes Farbfoto. Die Mutter und der Vater sind jung. Sie sehen gesund aus. Mutter hat Lachgrübchen, genau wie sie. Mutter lächelt, und man kann ihre Zähne sehen. Sie sind weiß. Ihre Lippen sind geschminkt. Mutter ist schön. Sie steht dicht neben Vater, der eher nervös wirkt, als wüsste er nicht richtig, ob er wirklich dort sein möchte. Er trägt eine dunkelbraune Brille, die irgendwie typisch für ihn ist.

Hier hat alles angefangen, denkt Jenny, ihre Mutter und ihr Vater waren jung und gesund, ungebrochen, unzerstritten, voller Zuversicht. Unerreichbar schauen sie von der Fotografie Jenny an.

So zufrieden werden sie niemals mehr sein.

Jenny schaut lange ihre Mutter an, im blauen Kleid mit roten Rosen im Brautstrauß, sie schaut und versucht, dieses fröhliche, unkomplizierte Lächeln zu verstehen, das Jenny selbst nie zu sehen bekommen hat.

Warum hat Jennys Mutter das Bild fortgeräumt?

Wegen dieser naiven Zuversicht? Weil schließlich nichts so geworden ist, wie es hätte werden sollen?

49

Als Juha eines Samstagnachmittags anruft und fragt, ob sie zum Spielen rüberkommt, beschließt Jenny in demselben Augenblick, da sie den Hörer auf die Gabel legt, dass es heute geschehen muss.

Sie bereitet sich sorgfältig vor, wäscht ihr Haar und fönt es trocken, zieht sich ihre tollsten Klamotten an, die rote Cordhose und eine karierte Bluse.

Dann sieht sie sich im Spiegel und möchte heulen, weil sie so hässlich ist.

Zuunterst in der Schublade mit Unterhosen und Strümpfen hat sie ihr Schminktäschchen versteckt. Eigentlich ist es kein richtiges Schminktäschchen, sondern eine Federtasche aus Plastik mit einem Bild von Goofy.

Und sie besitzt nur zwei Schminksachen. Wimperntusche und hellblauen Lidschatten. Das sind ihre Kostbarkeiten.

Bisher hat sie nur dann gewagt, sich zu schminken, wenn sie ganz alleine zu Hause gewesen war. Sie weiß, dass ihre Klassenkameraden sie auslachen würden, wenn sie geschminkt zur Schule käme.

Ihr Vater würde es niemals erlauben. Mutter hingegen würde es nicht verbieten, doch sie würde traurig werden und enttäuscht sein von Jenny.

Das ist sie immer.

Jenny wird in das Krankenzimmer der Mutter gerufen, und die Mutter schaut Jenny mit ihren sorgenvollen Augen an und sagt mit ihrer besorgten Stimme:

– Ich bin so traurig und enttäuscht von dir. Das verstehst du sicher. Das wolltest du wohl erreichen?

Jenny weiß, dass ihre Mutter ihr den Spaß an der Sache verdirbt, wenn sie so etwas sagt. Es ist schlimmer als irgendein Verbot oder Strafe.

Es ist so, als ob eine Hand nach ihrem Herzen greift und fest zudrückt.

Die Wimperntusche und der hellblaue Lidschatten in der Federtasche mit Goofy darauf sind die einzigen Dinge in Jennys Leben, die ihr gehören und die nicht – wie sollte sie das erklären – Sävbyholm sind.

Geschminkt sieht sie fast niedlich aus.

Zumindest, wenn sie blinzelt.

Sie hält einen Stift zwischen den Fingern und tut so, als sei er eine Zigarette, nimmt ein paar Züge, lächelt selbstsicher und weltgewandt.

Heute wird sie sich trauen zu fragen, denn sie ist kein Dreck.

Vorsichtig legt sie Lidschatten auf, macht sich fein für Juha.

Schimmernd blau werden ihre Augen.

50

Sie gehen in Juhas Zimmer. Juha schließt die Tür ab, damit sie ihre Ruhe haben. Jenny setzt sich mit geradem Rücken und beinahe feierlich auf den Stuhl am Schreibtisch. Juha wirft sich auf das Bett, wie er es immer tut. Jenny hickst vor Nervosität.

Sie sieht ihn an und fragt sich, was er eigentlich von ihr hält. Er hat nichts dazu gesagt, dass sie geschminkt ist. Hat er es überhaupt gesehen?

Als Marianne fragte, ob Jenny und er verliebt sind, hatte er es ziemlich eilig gehabt, »Halt die Klappe, doofe Kuh, sind wir gar nicht!« zu rufen.

Wie sollte man das deuten? Entweder – oder. Wie man will. Herrje, sie muss fragen.

Um Juha nicht in die Augen sehen zu müssen, heftet sie ihren Blick an das Sweet-Poster an der Wand. Sie seufzt, schließt die Augen, erschaudert, hickst. Die Worte liegen ihr auf der Zunge, ganz vorne auf der Zungenspitze. Es fühlt sich an, als müsste sie vom Dreimeterbrett springen, es rumort im Magen. Jetzt kommt die Frage, jetzt kommt sie.

– Hast du dich etwa geschminkt?

Jenny stutzt überrumpelt.

– Was?

– Ich hab dich noch nie mit Lidschatten gesehen.

– Ist es hässlich? Soll ich es abwaschen?

– Nein, nein, beeilt sich Juha zu sagen, es ist nur so ... so ungewohnt. Aber total süß, echt!

– Findest du?

Jenny keucht. Ihr steigen die Tränen in die Augen vor

Glück. Sie schüttelt das Haar, zieht sich die Bluse zurecht, setzt sich vorsichtig auf die alleräußerste Bettkante. Sie lächelt, und wenn sie lächelt, erscheinen ihre Lachgrübchen wie sanfte Fältchen. Es pocht unter den Augenlidern. Es pocht in ihrem Körper. Jetzt oder nie, denkt sie.

– Juha, flüstert sie, aber eigentlich hätte sie lieber geflüstert *mein* Juha.

Mein Juha, *mein* Juha, *mein* Juha!

– Ja?

– Ich wollte sagen ... bist du verliebt, bist du verliebt in irgendjemanden?

Sie versucht, ihre Stimme so unberührt wie möglich klingen zu lassen.

– Klar, sagt Juha fröhlich, in Li!

Jenny nickt. Sie schließt die Augen. Sie hat es gewagt und verloren. Jetzt weiß sie, dass keiner sie lieben kann. Kein Wunder, so hässlich und abscheulich, wie sie ist.

– Ja, Li ist auch ganz süß, flüstert Jenny unglücklich und spürt, wie etwas in ihr zerbricht.

Aber es spielt keine Rolle. Macht keinen Unterschied. Alles ist wie vorher. Wenn sie die Augen wieder aufschlägt, wird alles so sein wie immer. Sie ist eine Puppe mit Klappaugen, immer lächelnd, nickend und gleichgültig.

– Ja, Li ist ja auch ganz süß, wiederholt Jenny hohl.

– Und wie!, antwortet Juha begeistert.

– Und sie hat so feines Haar.

– Und wie! Echt, ich bin so verliebt in sie, dass ich sterben könnte.

Sie will nur fort. Nach Hause rennen, sich die Schminke aus dem Gesicht waschen, wieder sauber werden. Das Blau von ihren Augen will sie mit einer Nagelbürste wegscheuern, die von der billigen Wimperntusche zusammengeklebten

Wimpern abschneiden, sauber werden, sauber, sauber – wie eine Eidechse.

Sie ist eine Eidechse.

Alles ist wie immer. Nichts ist passiert. Jenny lächelt.

Jenny lächelt, wie erwartet, wenn einem der beste Freund seinen Liebeskummer anvertraut. »Wie nett.« »Ich freu mich so für dich.« »Herzlichen Glückwunsch, echt!«

Sie räuspert sich und lächelt. Sie ist eine Puppe, mit Klappaugen, immer lächelnd und gleichgültig.

– Hast du sie denn schon gefragt, ob sie mit dir gehen will?

– Quatsch!

– Dann mach eine Party und lad sie auch ein!

– Eine Party? Das würde Papa nie erlauben!

Papa hasst Lärm im Haus. Und außerdem ist er dauernd krank!

– Du, das war doch nur ein Vorschlag, zischt Jenny.

– Warum bist du jetzt sauer?, fragt Juha unschuldig.

– Ich bin nicht sauer!, schreit Jenny. Ich freu mich!

51

Ich bahne mir meinen Weg durch das Publikum, konzentriert wie ein Akrobat vor seinem Programm, atme ich ein paarmal heftig aus, um die Nervosität unter Kontrolle zu bringen, und verwandle sie in Energie.

Der Conférencier ruft meinen Namen, und ich steige auf die Bühne. Für einen Augenblick werde ich von dem Spot geblendet, der Jubel des Publikums wallt mir entgegen wie eine riesengroße Welle, der Applaus donnert, und alles, was man mir geben möchte, ist Liebe und einzig Liebe – natürlich unter der Bedingung, dass ich wahnsinnig lustig bin!

Circa dreißig Sekunden hat man Zeit, das Publikum für sich zu gewinnen. Die ersten Gags müssen sitzen, damit man sich entspannen kann, damit man Boden gutmacht, auf dem man den Rest des Abends sicher stehen kann.

Verrückt eigentlich, aber was tut man nicht alles?

Ich greife das Mikrofon, schließe kurz die Augen – und stürze mich hinaus.

In jedem Augenblick wird man erwählt oder nicht erwählt.

Nur ein paar Minuten bevor die Show beginnen soll, komme ich in den Club. Draußen ist eine lange Schlange.

»Ach du Scheiße!«, sagt der Taxifahrer. »Für wen stehen die an einem gewöhnlichen Montag denn an?«

»Für mich!«, antworte ich.

Und das ist wahr.

52

Eine weitere Grenze, die überschritten werden muss. Es reicht nicht mehr, ein Fest zu machen. Wenn, dann muss es eine Party sein.

Party.

Ein mystisches und verlockendes Wort.

Juha ist noch nie auf einer Party gewesen, aber er weiß, was zu passieren hat.

Man tanzt.

Juha hat noch nie getanzt.

Kurz vor Ende der Party wird geschwoft.

Dann wird es ernst. Dann muss man mit demjenigen tanzen, in den man verliebt ist.

Vorher spielt man Kussspiele, bei denen alles ordnungsgemäß und den Regeln entsprechend abläuft, aber wenn geschwoft wird, kann man niemandem mehr etwas vormachen.

Dann wird es ernst.

Juha hat nur eine vage Vorstellung, wie geschwoft wird, aber er glaubt, dass man ganz normal tanzt, bis man sich irgendwann auf das Mädchen wirft und es umarmt. Er weiß es nicht. Er wird wohl improvisieren müssen.

Auf Partys tut man all diese Dinge mit dem notwendigen Ernst, umarmt einander und sitzt unter dem Tisch und küsst sich. Warum man gerade unter dem Tisch sitzen muss, um sich zu küssen, hat Juha nicht begriffen, aber so macht man das eben.

Juha hat noch nie jemanden umarmt, und es gibt nur eine, die er umarmen will.

Li.

Das kleine koreanische Adoptivmädchen. Sie sieht aus wie ein Junge und ist sanft und nett, überhaupt nicht wie die anderen Mädchen.

Ein ganzes Jahr lang mag er sie schon.

Doch um an sie heranzukommen, müssen sie zusammen auf einer Party sein. Jenny hat Recht. Die einzig sichere Methode, eingeladen zu werden, ist, die Party selber zu veranstalten.

Denn zu einer Party wird – im Unterschied zu den Kindergeburtstagen der letzten Jahre – nicht die ganze Klasse eingeladen, sondern nur die Auserwählten, diejenigen, die immer die Auserwählten gewesen sind.

Zehn, zwölf, höchstens vierzehn Leute, mehr nicht. Der Rest der Klasse sollte am besten gar nichts erfahren. Sie sollten natürlich mitbekommen, dass etwas Spannendes im Gange ist und dass sie nicht dabei sind, aber mehr dürfen sie nie erfahren – zumindest nicht, bevor es so weit ist.

Einige Kinder werden immer eingeladen, wie Lennart und Stefan und Pia und Eva-Lena zum Beispiel, andere nie.

Juha ist bisher noch nie eingeladen worden. Er weiß nicht, weshalb.

Dass man zu einer Party nicht Thomas Karsk oder Sofi Bodén einlädt, das versteht er. Wer könnte mit einer Bohnenstange tanzen wie Sofi Bodén? Und mit Thomas Karsk bei den Kussspielen – das wäre ja absolut ekelhaft für die Mädchen.

Aber dass er selbst nicht eingeladen wird, begreift er nicht. Wo er doch so lustig ist und alle zum Lachen bringt.

Obwohl, eigentlich ist es ja klar. Schließlich ist er hässlich. Er begreift, dass er hässlich ist.

Er nimmt an, dass das Grund genug ist. Die Mädchen würden es vielleicht auch ekelhaft finden, wenn er bei den Kussspielen dabei wäre.

53

Ritva sitzt mit Lockenwicklern in den Haaren vor dem Fernseher. Angestrengt verfolgt sie das Lernprogramm »Englisch für Anfänger«. Sie sitzt vorgebeugt in Richtung Mattscheibe und konzentriert sich.

– Please say after me: I don't know ..., sagt der Sprecher

– I don't know, antwortet Ritva gehetzt.

– I don't know ..., wiederholt der Sprecher.

– I don't know, wiederholt auch Ritva.

– Good!, sagt der Sprecher, und Ritva entspannt sich ein wenig, lehnt sich im Sessel zurück und nimmt einen Schluck Leichtbier.

Juha tippt ihr auf die Schulter, um ihre Aufmerksamkeit zu erlangen. Ritva wehrt ihn irritiert ab.

– Peter says: »I don't know!« He doesn't know ..., ertönt der Sprecher.

– Darf ich eine Party geben?, fragt Juha.

Ritva tut so, als würde sie nichts hören. Jetzt ist es gleich wieder so weit.

– Please say after me, sagt der Sprecher: He doesn't know ...

Mama, sag mal! Darf ich?

Juha zieht an ihr. Ritva schlägt nach ihm.

– He doesn't know ..., wiederholt der Sprecher geduldig.

– He doesn't know, he doesn't know!, schreit Ritva wütend. Sei jetzt still! Frag Papa.

– Good!, sagt der Sprecher.

– Vittu, jetzt wäre ich deinetwegen fast nicht mitgekommen!, zischt Ritva, zündet eine Zigarette an und bläst den Rauch aus.

– Tina says: »I don't know!« Please say after me: She doesn't know ..., sagt der Sprecher.

– Ich kann sie zusammen mit Stefan machen, dann wird's billiger. Seine Eltern erlauben das.

– She doesn't know ..., wiederholt der Sprecher.

– Mama, bitte!, bettelt Juha.

– Good!, sagt der Sprecher.

– Anna mun kaikki kestää!, faucht Ritva. Siehst du, was du anrichtest. Deinetwegen hab ich was verpasst! She doesn't know, she does't kno ... Anna mun kaikki kestää! Dann mach doch deine Party!

– Good!

54

Ich erinnere mich nicht an euch.

Ihr seid undeutlich wie Figuren im Fernsehen an einem hellen Nachmittag, wenn das ganze Wohnzimmer sich in dem Bildschirm spiegelt.

Ja, ihr seid wie einer dieser tschechischen Puppenfilme mit synchronisierten Stimmen, die um halb fünf im Kinderprogramm gesendet wurden.

Manchmal träume ich von euch. Ihr seid wie Gespenster, wie Schatten. Plötzlich seid ihr da im Traum, und ich denke: Warum habe ich diese Jungen und Mädchen niemals kennen gelernt? Wie konnten wir unsere Kindheit teilen, ohne einander je nahe zu kommen?

Ihr wisst nichts über mich. Ich weiß nichts über euch.

Ich schätze, man muss das Ganze als einen Misserfolg betrachten.

Du fragst vielleicht, warum ich nach so vielen Jahren begonnen habe, dir zu schreiben. Das weiß ich selbst kaum. Mir geht es gut, alles ist super, ich bin glücklich, das bin ich wirklich.

Aber ich habe von dir geträumt, und manchmal frage ich mich, was aus alledem geworden ist.

Du weißt ????? Alles.

Ich sehe mich um, als sei ich gerade erwacht, und weiß nicht, wo ich bin. Wohne ich hier? Wer ist das im Spiegel? Bin ich das?

Geht es dir nie so?

Keinen Einzigen aus unserer Klasse habe ich wieder getroffen, seit wir die Schule hinter uns gebracht haben.

Manchmal stelle ich mir vor, dass ihr alle noch immer in Sävbyholm seid, dass ihr nach wie vor zwölf Jahre alt seid und mit Bonanzafahrrädern fahrt und dass ihr am Bahnhof und der Tankstelle herumhängt.

Dass ich mich als Einziger bewegt habe.

Diese Kinder aus Sävbyholm. Sie sind wie Gespenster. Ich erinnere mich nicht an sie.

Ich erinnere mich nicht an Stefan, ich erinnere mich nicht an Lennart, ich erinnere mich nicht an Eva-Lena, ich erinnere mich nicht an Simon, ich erinnere mich nicht an Roger, ich erinnere mich nicht an Erik, ich erinnere mich nicht an Sofi, ich erinnere mich nicht an Jenny – und ich erinnere mich nicht an dich.

55

Grinse-Erik. So nennen sie ihn.

Erik, der so wenig zu bieten hat, dass er den Klassenkameraden mit Albernheiten imponieren muss.

Einmal brachte er ein Kondom mit zur Schule und versuchte, es sich über den Kopf zu ziehen, als die Lehrerin etwas im Kartenraum zu erledigen hatte.

Ein anderes Mal hatte er eine Unterhose auf dem Kopf und behielt sie trotzig auf, als die Lehrerin wieder den Klassenraum betrat. Dann konnte er es nicht lassen, über seinen eigenen Streich hysterisch zu lachen.

Als wollte er den anderen helfen, endlich loszulachen. Aber niemand sonst lachte. Sie drehten sich bloß geniert weg. Als die Lehrerin ihn schließlich ermahnte, begann er zu weinen. Nein, Erik weiß, dass er niemanden beeindruckt.

Er weiß, dass die anderen ihn verachten. Trotzdem kann er es nicht lassen. Es ist, als würde er es genießen. Dieses Grinsen – fast schon Geifern – lebt vom Hohn der anderen. Nicht einmal einen kleinen Rest Würde hat er sich bis zum Ende des zwölften Lebensjahres erhalten können.

Es scheint, als würde er die ganze Zeit immer tiefer und tiefer sinken, ohne es verhindern zu können.

Als würde er zusehends ertrinken.

56

Erik ist ein Idiot. Er schenkte Pia zu ihrem Geburtstag fünf Kronen, die er mit Tesafilm auf einen Zettel festgeklebt hatte. GLÜCKWUNSCH ZUM ZWÖLFTEN GEBURTSTAG! hatte er mit Filzstift darunter geschrieben, abwechselnd in lila und grünen Buchstaben. Zuerst wusste Pia gar nicht, um was für einen Erik es ging, aber als sie begriff, dass es sich um Grinse-Erik handeln musste, drehte sie fast durch.

Am Montag merkte Pia, dass sich Erik während des Unterrichts immer wieder umdrehte und sie anstarrte wie ein erwartungsvoller Hund. Glaubte er wirklich, dass sie sich bedanken würde? Ihre große Schwester hatte sie während ihres ganzes Geburtstages geärgert mit »Verliebt, verlobt, verheiratet«, und ihr Vater wollte Erik nach Hause einladen, um den jungen Mann kennen zu lernen.

Ein Idiot! Das war er.

In der Frühstückspause trat sie auf ihn zu und spuckte ihm ins Gesicht. Damit war die Sache erledigt.

Trotzdem scharwenzelte Erik weiterhin um sie herum.

Er hat ihr Süßigkeiten und Eis geschenkt, Zigaretten, billige Ringe und Armbänder. Sie hat seine Süßigkeiten zertrampelt, mit dem Eis nach ihm geworfen, seine Armbänder kaputtgedreht, seine Ringe weggeschmissen.

Die Zigaretten nimmt sie allerdings kommentarlos entgegen.

Und wie Pia über ihn lästert, wie sie ihn lächerlich macht. Sie ist es, die ihn zum Außenseiter macht, sie führt die Schikanen gegen ihn an, sie hetzt die ganze Klasse gegen ihn auf.

Grinse-Erik. Erik mit den Negerlippen. Erik, der lispelt und humpelt.

Trotzdem gibt er nicht auf, sondern verstärkt sein Werben sogar noch. Wohin sie auch geht, er folgt ihr in einem gewissen Abstand. Er ist ihr Schatten, ihr Hund.

Manchmal, wenn niemand zusieht, ruft sie ihn zu sich, um ihn zu kratzen und zu treten.

Auch das nimmt er hin, schweigend und grinsend.

Sie hasst ihn. Er sucht sie – ihren Hass, ihre Beschimpfungen. Sie gibt, er nimmt.

Er macht sich für sie zum Affen, schneidet Grimassen und wirft Gegenstände nach ihr – alles, um ihre Aufmerksamkeit zu erlangen.

Als sie Geld von ihm verlangt, gibt er ihr alles, was er hat, und verspricht, mehr zu besorgen. Er stiehlt Geld aus dem Portemonnaie seiner Mutter, um es Pia zu geben.

Er gibt, sie nimmt. Das verbindet.

Sie hasst ihn wirklich. Manchmal, wenn sie von der Schule nach Hause kommt, ist sie so wütend, dass sie sich in ihr Zimmer einschließt und heult.

Sie hasst es, nicht verhindern zu können, dass ein Band zwischen ihnen entstanden ist, auch wenn dieses Band lediglich aus seiner verschmähten Liebe und ihrem Abscheu besteht. Sie hasst es, dass es ihm gelungen ist, auf sich aufmerksam zu machen. Sogar die anderen in der Klasse merken, wie er sich vor ihr aufspielt.

Und sie hasst es, dass er genauso alt ist wie sie, denn er ist ein Kind, ein kleiner Scheißer, und Pia hat es eilig, erwachsen zu werden.

Warum hat er sie ausgewählt? Warum gibt er nicht auf?

Sie muss einen Weg finden, ihn zu stoppen.

57

Eines Tages kommt Erik in seinen guten Kleidern zur Schule.

Genauso, wie einer aussieht, wenn seine reichen Eltern ihn einkleiden – Jackett mit breitem Aufschlag, Flanellhose und Schlips.

Erik wohnt in einer Villa mit Swimmingpool mit pupsvornehmen Scheißeltern und einem widerlichen haarlosen Hund, der aussieht wie eine Ratte. Der Hund zittert die ganze Zeit, und man möchte ihn am liebsten zertreten.

Während der ersten Stunde kann Erik kaum still sitzen. Immer wieder muss er sich umdrehen und den Kontakt mit Pia suchen.

Er lächelt sie geheimnisvoll an und nickt, zeigt auf seine Schultasche, als wolle er ihr mitteilen, dass er darin einen Schatz versteckt hat.

In der Pause folgt er Pia hinter die Turnhalle, wo sie und Eva-Lena im Matsch stehen und heimlich rauchen. Er hat die Schultasche dabei. Und wie vorsichtig er ist, damit er nur ja keinen Matsch an die Hosenbeine bekommt. Ein feiner Pinkel!

– Komm!, ruft er Pia zu und winkt sie zu sich.

Wie kann er es wagen?

– Wenn du etwas willst, musst du schon hierher kommen!, spuckt Pia ihm entgegen.

– Nein, du musst kommen!, entgegnet Erik stur.

Pia sollte ihn für diese Unverschämtheit mit der Zigarette verbrennen.

Sie ist eine Königin, und was ist er? Nicht mal ein Narr.

Aber er bleibt beharrlich, und schließlich gibt Pia nach und geht mit ihm.

– Ich habe etwas für dich, sagt er glücklich, als sie um die Ecke gekommen sind, und er versichert sich, dass niemand sie sieht.

Aus seiner Tasche zieht er einen Umschlag, überreicht ihn Pia und wartet dann ungeduldig, bis sie ihn geöffnet hat.

Im Umschlag steckt ein gewöhnliches DIN-A4-Blatt. Auf dem Blatt steht mit Kugelschreiber ein einziger Satz: GRÜSSE AN ERIKS PIA!, unterschrieben von EDSTRÖM.

– Was soll das sein?, fragt Pia skeptisch.

– Sein Autogramm!, jubelt Erik. Das ist Ralf Edström, er grüßt dich, checkst du das nicht!

– Ist das alles?, zischt Pia.

– Aber, stammelt Erik, der nicht verstehen kann, dass Pia nicht überwältigt ist, immerhin hat er mit einem Fallrückzieher das 1:0 gegen Deutschland geschossen und beim Qualifikationsspiel gegen Ungarn mit einem Kopfball das 3:3 möglich gemacht, und im Spiel gegen Malta hatte er auch jede Menge Tore geschossen.

– Is mir doch scheißegal!

– »Man tut, was man kann!«, das hat er gesagt, den Spruch kennst du doch wohl!

Und Erik zerrt ein paar Schreibhefte aus der Tasche.

Die blauen mit den psychedelischen Blasen drauf.

In die Blasen hat er Ralf Edströms Namen geschrieben, immer wieder. Ralf Edström, Ralf Edström, Ralf Edström. Auch Roland Sandberg, Benno Magnusson und Ronnie Hellström, aber meistens Ralf Edström.

Das zeigt er Pia. In den Heften befindet sich seine ganze Ralf-Edström-Sammlung. Ralf macht einen Kopfball, Ralf schießt ein Tor, Ralf sagt: »Man tut, was man kann.«

Ralf ist verletzt, Ralf wird zum Krüppel, Ralf wird Profi,

Ralf hat Erfolg, Ralf fühlt sich sauwohl in seinem neuen Verein PSV Eindhoven.

Ralfs Liebste, Ralf macht Reklame für Hosen ...

Und die Fotos. Fotos von einem großen Mann, der kickt, Kopfbälle macht, läuft, springt ...

– Ich scheiß auf dein blödes Autogramm!, zischt Pia, zerknüllt das Blatt, das Erik ihr gegeben hat, und geht zurück zu Eva-Lena.

– Warte!, ruft Erik schrill und läuft hinterher. Was machst du denn? Du musst aufpassen auf das Autogramm!

– Eva-Lena, gibt mir das Feuerzeug!

– Nein, das darfst du nicht!, schreit Erik.

Pia dreht sich um. Ihre Augen funkeln.

– Gib die bescheuerten Hefte her!, befiehlt sie.

– Nein!, piepst Erik und drückt sie an sich.

Er schwitzt. Das kleine Schwein schwitzt, weil er hinter Pia hergelaufen ist.

– Her damit, hab ich gesagt!, wiederholt Pia, und ihr Befehl ist der einer Königin, man widerspricht nicht.

Widerwillig gibt ihr Erik die Hefte, steht im Matsch hinter der Turnhalle in seinem lächerlichen Jackett und seiner lächerlichen Flanellhose.

– Schaut ihn euch an – so ein Ekel!

– Feuerzeug!, sagt Pia zu Eva-Lena wie ein Chirurg, der nach dem Skalpell verlangt.

Da zerreißt etwas in Erik.

Er stürzt sich auf Pia und schlägt verzweifelt mit den Fäusten auf sie ein. Er schlägt und schlägt. Ins Gesicht, auf die Brust, in den Bauch.

Pia schreit. Erik schreit. Eva-Lena reißt die Sammelhefte an sich, hält das Feuerzeug darunter – sie fangen sofort Feuer. Die Hefte gehen in Flammen auf, hell wie eine Signalrakete.

Da lässt Erik Pia los.

Gleichzeitig lässt Eva-Lena die brennenden Hefte fallen. Das Blatt mit Ralf Edströms Autogramm flattert brennend zu Boden.

Weder Pia noch Eva-Lena lachen. So wenig kümmert es sie. Erik sinkt auf den matschigen Boden. Von den Heften sind bald nur noch die Ecken übrig, vom Autogramm nur noch die Asche, und Erik kann nicht verbergen, dass er weint.

– Flenn nicht, Blödian!, zischt Eva-Lena und stößt ihn an.

– Ach, lass ihn!, sagt Pia und legt den Arm um sie.

Dann lassen sie Erik allein, während er im Dreck umherkriecht und die Reste der Ralf-Edström-Sammlung zusammenklaubt. Sein Sonntagsstaat steht vor Schmutz. Er weint nicht mehr, wimmert nur noch schwach.

Nun hat er des Narren Lektion gelernt.

Nie wieder wird er Pia belästigen.

58

In der Nähe von Juhas und Jennys Straße gibt es einen kleinen Spielplatz mit Sandkasten und Schaukeln. Von klein auf sind sie zusammen dorthin gegangen. Noch immer kann Juha sich kaum etwas Lustigeres vorstellen, als in voller Fahrt von einer Schaukel zu springen.

Kurz bevor man abspringt, kribbelt es unterhalb des Bauchnabels. Rutscht man auf der Schaukel zu weit nach vorne oder lässt man die Ketten eine Sekunde zu früh los, ist nichts mehr zu machen. Dann fällt man, egal ob man will oder nicht, und tut sich schlimmstenfalls ziemlich weh. Doch man lässt freiwillig los, wenn die Schaukel fast die Schwerelosigkeit erreicht hat, dann wird der Sprung anmutig und weit.

Es gibt einen Moment, ab dem etwas unwiderruflich ist, und wenn Juha sich diesem Moment nähert, kribbelt es an einer speziellen Stelle direkt unter dem Bauchnabel, die Juha Kitzelbauch nennt, deshalb ist es so ein Spaß, von der Schaukel zu springen.

Juha, Jenny und Thomas schaukeln wie wild.

Jenny und Juha schreien vor Begeisterung, doch Thomas wird immer bleicher und verbissener.

– Wir haben einen Riesenspaß!, denkt Thomas.

Höher und höher fliegen die Schaukeln. Der Himmel und die Kiefern stehen fast auf dem Kopf. Die Ketten rasseln und spannen sich. Gleich müssen sie springen. Thomas' Hände sind vor Angst so schweißnass, dass er fürchtet, von den Ketten abzurutschen, an denen er sich verzweifelt festklammert.

– Gleich!, ruft Juha. Gleich springen wir!

– Gleich!, denkt Thomas. Gleich kotz ich!

Kreischend springen Juha und Jenny ab und landen im Sand. Thomas sitzt noch immer auf der Schaukel und wünscht sich nach Amerika.

– Jetzt spring endlich!, ruft Juha.

– Ja, gleich! Gleich!, schreit Thomas, presst aber sofort die Lippen zusammen, um sich nicht zu übergeben.

– Übrigens, sagt Jenny und dreht sich um zu Juha, hast du deine Mutter schon gefragt, ob du eine Party machen darfst?

– Was? Machst du 'ne Party?, ruft Thomas und vergisst für einen Augenblick, dass er auf einer grässlichen Schaukel sitzt und durch die Luft fliegt.

– Vielleicht, vielleicht auch nicht, antwortet Juha und lächelt geheimnisvoll. Mal sehen. Spring jetzt!

– Ich bin ja schon dabei!, schimpft Thomas und spürt wieder Übelkeit aufkommen.

In diesem Augenblick springt Juha auf und klopft sich hastig den Sand von der Hose. Er hat Stefan erblickt. Er macht eine elegante Bremsung mit dem Fahrrad und kommt neben ihnen zum Stehen.

– Hi, sagt er und stützt lässig die Ellbogen auf den Lenker seines Bonanzafahrrades, spielt ihr im Sandkasten?

– Sonst noch was, Stefan!, schreit Juha so, als sei er ein Soldat, der einem Offizier antwortet.

Gereizt faucht er Thomas an:

– Kannst du vielleicht mal aufhören zu schaukeln, Thomas!

Juha wird rot.

Thomas versteht gar nichts mehr. Erst soll man springen, dann soll man nicht springen.

– Ich hau mit Stefan ab, fährt Juha fort, hab keine Zeit mehr für euch.

Ohne tschüs zu sagen, setzt er sich auf den Fahrradsattel hinter Stefan und wird davongefahren.

Jenny beißt die Zähne zusammen und starrt auf die Erde, sie schlägt mit der Faust in den Sand. Obwohl sie die Bedingung für ihre Freundschaft kennt, ist es trotzdem jedes Mal gleichermaßen demütigend, wenn er sie stehen lässt.

Schließlich reißt sie sich zusammen und lässt alles sein wie immer.

Sie weiß ja, dass er zu ihr zurückkommen wird.

Jenny steht auf, richtet die Haarspange in ihrem hässlichen strähnigen Haar und ist nur ein kleines bisschen traurig, gerade so, wie ein Mädchen ohne Gefühl sein kann.

– Er will Li fragen, ob sie mit ihm gehen will, erklärt sie Thomas und schaut Juha sehnsüchtig hinterher.

– Echt? Das würde ich mich nie trauen, antwortet Thomas bewundernd, sie ist doch so süß.

– Thomas, weißt du, dass du ein blöder Spasti bist!, schreit Jenny wütend und geht.

Einsam auf dem Spielplatz sitzt Thomas, schaukelt immer langsamer in der bleichen Aprildämmerung.

– Klar weiß ich das, sagt er zu sich selbst, wie könnte ich das je vergessen?

59

Weit von zu Hause fort zu sein ist schrecklich für Thomas. Wenn er nur Bilder von Astronauten sieht, besonders solchen, die auf dem Mond herumlaufen, überfällt ihn ein Heimweh, das an Panik grenzt.

Er weiß selber, wie verrückt das ist, deshalb hat er es natürlich niemandem erzählt.

So weit fort zu sein und nicht nach Hause zu können, sein Zuhause als eine weit entfernte blaue Kugel zu sehen, die nicht zu erreichen ist, wie sehr man auch springt – allein der Gedanke lässt ihn fast ersticken.

Außerdem hat er Angst, dass ihm schlecht wird, überhaupt verreist er nicht gerne, nicht einmal nach Södertälje, weshalb sollte er dann bis zum Mond reisen wollen?

Thomas deutlichster Zug ist Angst.

Vor fast allen Dingen hat er Angst. Vor allen Klassenkameraden ohne Ausnahme. Vor allen Lehrerinnen und dem Lehrer im Werkraum, vor dem Rektor, vor der Schulkrankenschwester und allen Frauen in der Kantine. Das weiß keiner.

Ameisen, Spinnen, Hummeln. Er glaubt, dass man an einem Wespenstich stirbt. Er glaubt, dass man von Elchen gejagt wird, wenn man in einen Wald geht. Er hat Angst vor allen Hunden, denn er hat einmal von einem dreijährigen Kind gehört, das von einem Schäferhund totgebissen worden ist – ja, er hat auch Angst vor Meerschweinchen und Hamstern.

Wird man von einem Meerschweinchen gebissen, bekommt man einen Wundstarrkrampf.

Geht man zu nahe an einen Vogelkäfig, bekommt man Salmonellen.

Wenn Thomas daran denkt, dass die Milch aus den ekeligen Gedärmen von Kühen kommt, bekommt er keinen einzigen Tropfen mehr hinunter.

Über Angst dieser Art schweigt man, denn sie ist kindisch und dumm. Thomas schweigt.

Und er hat sogar Angst vor seinem eigenen Körper. Denn irgendwo im Körper ist der Blinddarm. Er ist wie eine tickende Bombe, die jederzeit explodieren kann.

Manchmal fühlt es sich an, als würde sein Herz stehen bleiben. Mitten in der Nacht wacht er manchmal mit einem Ruck auf und lauscht ängstlich dem Schlagen seines Herzens.

Thomas hat Angst, Schlitten zu fahren, er hat Angst, auf dem Fahrrad mitgenommen zu werden, er hat Angst, von der Schaukel auf den Spielplatz zu springen – vor allem, wobei man sich wehtun kann, die Knie oder Hände aufschrammen, sich auf die Zunge beißen, das Kinn aufschlagen, die Rippen brechen oder zermatscht werden kann.

Auch das weiß niemand, denn Thomas hat Angst, gehänselt zu werden.

Und er hat große Angst, sich zu vergiften. Das kann mit fast allen Dingen passieren. Reinigungsmitteln zum Beispiel. Steht das Maschinenspülmittel in der Speisekammer, so dringt das Gift aus dem Paket und verseucht alle Nahrungsmittel in der Speisekammer. Wenigstens empfindet er das so.

»Darf nicht in die Hände von Kindern gelangen«, liest er und muss fast weinen. Dass seine unbedachte Mama so etwas nicht einmal durchliest.

Fasst man die Kloschüssel an, kriegt man übrigens Brechdurchfall.

Das Gleiche passiert, wenn man auf dem Küchenboden gelegen hat. Da hilft es nicht, dass der Fußboden immer frisch geschrubbt ist. Das Reinigungsmittel verursacht ja auch Übelkeit. Fast alles ist Übelkeit erregend.

Thomas hat Angst, verlassen zu werden, er hat Angst, Magenschmerzen zu bekommen, er hat Angst, groß zu werden.

Heimlich hat er Rituale entwickelt, um sich gegen alle möglichen Bedrohungen zu schützen – er wäscht sich die Hände bis zum Ellbogen, legt Klopapier auf die Brille, ohne das Porzellan zu berühren, zählt die Stunden nach jeder Mahlzeit, um herauszufinden, ob er sich vergiftet hat oder nicht, und wenn er an einem Winterabend allein nach Hause geht, läuft er von Straßenlaterne zu Straßenlaterne, um nicht von der Dunkelheit aufgefressen zu werden.

Alles ist so schrecklich schwierig, aber das verschweigt Thomas, denn es würde doch niemand verstehen.

Sie würden ihm doch nur versichern, dass er sich irrt, und nicht lockerlassen, bis er zugäbe, dass es nichts Gefährliches gibt, dann würden sie ihn einsam untergehen lassen.

Genau wie in den Horrorfilmen, wenn die Idioten im Flur das Licht löschen, die Schlafzimmertür schließen, Knoblauch und Kruzifixe wegwerfen und schließlich das Fenster öffnen, um die frische Nachtluft hereinzulassen – und Graf Dracula.

In Thomas' dürrer Brust schlägt ein aufgeschrecktes Vogelherz. Thomas hat Angst vor dem Leben.

Darüber spricht man nicht. Mit niemandem, nicht einmal mit Mama. Angst ist etwas, mit dem man alleine lebt.

60

Im Flur bei Juha zu Hause kicken Juha und Stefan die Clocks von sich. In der Küche steht Ritva und kocht. Es gibt Fischklöße in Hummersauce.

Nur Marianne mag keine Fischklöße, deshalb bekommt sie Fischstäbchen, und Juha mag auch keine Fischklöße, deshalb bekommt er Blutwurst.

Dazu gibt es Nudeln für alle, das geht am schnellsten.

Die Fischstäbchen und die Blutwurst brät sie in derselben Pfanne, um Zeit und Abwasch zu sparen.

Fischsud und Schweineblut mischen sich mit der Margarine, ohne dass Ritva sich darum kümmert.

Sie ist die Mutter kleiner Kinder.

– Mama, ruft Juha, Stefan und ich gehen nach oben.

– Darf ich mit?, bettelt Marianne und zerrt an Juha.

– Nein, darfst du nicht, blödes Gör!, antwortet Juha und wendet sich an Stefan. Das ist meine Schwester.

– Hallo, sagt Stefan.

– Ich weiß. Sie sieht aus, als hätte sie Krebs im Hirn.

Endstadium.

Er schubst Marianne weg.

Auf dem Weg zur Toilette kommt Ritva an ihnen vorbei.

Sie trocknet sich die Hände am Topflappen ab.

– Hallo Stefan. Marianne, lass die Jungs in Ruhe, sie wollen ihre kleine Party planen.

Und sie kann es nicht bleiben lassen, sich noch einmal umzudrehen und provozierend Küsschen, Küsschen! hinzuzufügen, ehe sie die Toilettentür hinter sich schließt.

– Hör auf!, schreit Juha und beeilt sich, Stefan in sein Zimmer zu schieben und die Tür abzuschließen.

Draußen steht Marianne und ruft:
– Küsschen! Küsschen! Küsschen! Küsschen!
Juha reißt die Tür auf.
– Soll ich dir den Schädel einschlagen, Scheißblag?
Lachend rennt Marianne fort.
– Küsschen! Küsschen! Küsschen! Küsschen!

61

Juha nimmt einen Collegeblock zur Hand und schreibt:

JUHAS UND STEFANS PARTY!

– Also, wer soll kommen?, fragt er.

– Okay, erst mal du und ich natürlich, antwortet Stefan.

STEFAN UND JUHA, schreibt Juha.

– Und ich will Li einladen, sagt er und schreibt LI.

– Du bist in Li verknallt, was?

– Und dann laden wir Lennart ein, leiert Juha und tut so, als hätte er nichts gehört. Und außerdem Roy und Pia natürlich.

– Li ist süß. Echt, fährt Stefan sachlich fort. Aber sie hat keine Titten. Koreanische Bräute haben nie Titten.

Warum kann Stefan nicht bei der Sache bleiben? Muss er über Li quatschen? Er merkt doch wohl, dass Juha die Sache ziemlich peinlich ist.

– Und wenn man Pia einlädt, dann muss man auch Eva-Lena einladen, Juha schreit fast, sonst kommt Pia nicht.

Er verstummt und wird rot.

– Eva-Lena ist die Strafe Gottes auf Erden, fügt er beschämt hinzu.

– Aber man muss sie in Kauf nehmen.

– Ich weiß.

Beide seufzen.

EVA-LENA, schreibt Juha.

– Wen noch?, fragt er. Thomas Karsk?

Stefan lacht roh.

– Kannst du dir Thomas auf einer Party vorstellen?

– Nein, natürlich nicht, murmelt Juha unsicher.

– Hast du übrigens gehört, dass bei Thomas Karsk ein Kindergeburtstag stattfinden soll? Total peinlich!

– Ja wirklich! Oberpeinlich, echt!, räuspert sich Juha und schämt sich.

Vor sich sieht er Thomas' Mama den Anzug nähen, den sie bis zum Fest fertig haben will, und den ekeligen deutschen Kuchen, den er an der großen Straße weggeworfen hat.

– Aber Simon laden wir wohl besser ein, sonst hat Charlotte niemanden zum Tanzen, sie ist doch so groß. Und Roger auch und Lena. Wie viele haben wir?

Juha schreibt die Namen auf.

– Sechs Jungs und fünf Mädchen. Es fehlt ein Mädchen.

– Solltest du nicht Jenny einladen?

Stefan schaut Juha nachdenklich an.

– Doch, das sollte ich wohl, murmelt Juha.

– Obwohl die Braut ja total hässlich ist. Und dann noch diese ätzende Haarspange, Schuppen hat sie außerdem.

– Ja, genau, flüstert Juha.

– Und ihre Hosen sehen ja auch völlig bescheuert aus, es ist eigentlich keine gute Idee, sie bei der Party dabeizuhaben.

– Und sie lacht an den falschen Stellen und setzt sich in eine Ecke und spricht mit niemandem, fährt Juha unglücklich fort.

– Die Braut ist eine von denen, die sich Fruchtlimonade hinter die Binde kippen. Du kannst sie nicht einladen. Das muss sie verstehen!

Juha denkt an Jennys Grübchen. Manchmal glaubt er, dass er nur dann richtig glücklich ist, wenn er Jenny zum Lachen bringt und ihre Augen glänzen.

Nur in Jennys Gegenwart fühlt sich Juha sicher. Sie ist die Einzige, die er nie bestechen muss.

– Cilla!, sagt Juha verbissen und schreibt den Namen zuunterst auf die Liste.

Er hört ein Rauschen, als würde ein Engel mit den Flügeln schlagen. Er schließt die Augen und sieht des Engels Klauen, die glühenden Augen, den Mund, der ihn auslacht.

Näher kommt der Engel, gestärkt durch Juhas Erbärmlichkeit.

– Wir nehmen Cilla, wiederholt Stefan, jetzt haben wir alle.

62

Als wir die Grundschule endlich hinter uns hatten, war ich den Menschen, der ich geworden war, den sie aus mir gemacht hatten, so leid. Ich wollte anders sein, mehr. Ich brach mit allen. Ich musste es tun. Und Gott weiß, dass ich hart dafür gekämpft habe, jemand anderes zu werden.

Auch zu Jenny verlor ich den Kontakt. Sie ist wohl in die USA gezogen. Um jemand anderes zu werden.

Das glaube ich zumindest.

Aber du. Du bist der Einzige. Ich möchte, dass du das weißt. Diese Briefe sind an dich. Wenn du diese Briefe überhaupt bekommst. Oder wie man sagt, ich weiß nicht, wie man sagt.

Ich meine, wenn nun schon alles zusammenbricht, dann muss es doch auch möglich sein, etwas aufzubauen, oder?

Ich war wirklich ein Schwachkopf als Kind. Hatte immer Angst, ein Außenseiter zu sein, war deswegen immer gleich ekelhaft und schmeichlerisch. Glaube nicht, dass ich mir dessen nicht bewusst war.

Erinnerst du dich an dieses Lied:

»Tot, tot, alles tot,
Einfach alles totmachen,
Und seh ich erst überall Rot
Dann kann ich endlich herzlich lachen!«

Ich hasste dieses Lied. Ich glaube, ich habe es in jeder verdammten Pause gesungen. Und ihr habt im Kreis um mich herumgestanden und mich angefeuert. Danach habt ihr mich stehen lassen.

Und ich kann dir sagen, wie traurig es ist, zu entdecken, dass man noch immer ein Schwachkopf ist.

Denn das bin ich – ein ekelhafter, schmeichlerischer Komödiantenschwachkopf! Ich bin kein Stück weitergekommen. Die Leute stehen im Kreis um mich herum und feuern mich an. Danach lassen sie mich stehen.

63

Als Thomas an einem Freitagmorgen einige Wochen später zur Schule kommt, merkt er sofort, dass etwas nicht in Ordnung ist. Die Klassenkameraden sind aufgebracht. Sie flüstern miteinander, und sie flüstern über ihn. Er versteht die Welt nicht mehr. Hat er Mundgeruch? Hat er einen Popel an der Nase hängen?

Thomas tut alles, um nicht eklig zu sein. Er duscht jeden Tag und wäscht sich die Haare, er lutscht Pfefferminz, um nicht schlecht aus dem Hals zu riechen. Jede Pause geht er zur Toilette und kämmt sich.

Er weiß, dass sich die anderen darüber aufregen, dass er sich so oft räuspert, aber er kann nichts dagegen tun. Es ist immer, als würde sich ständig ein Häutchen im Hals lösen, und dann muss er sich eben räuspern.

In seinem tiefsten Inneren weiß er, dass er trotzdem eklig ist.

Egal, was er tut, um es zu verbergen.

In der Pause schubst Lennart ihn vor sich her.

– Was zum Teufel bildet ihr euch eigentlich ein, du und deine Scheißmutter, schnaubt Lennart. Wer zum Teufel glaubst du, will zu dir nach Hause kommen? Hä?

Da versteht Thomas. Seine Mutter hat Einladungen für das Fest verschickt. Aber deshalb muss man doch nicht so sauer werden! Sie brauchen ja einfach nicht zu kommen. Sie können ihn doch einfach auslachen und ihn zu seiner Wiese hinter dem Fußballplatz gehen lassen, wo er niemandem im Weg ist. Warum müssen sie sich so aufregen?

Die Mädchen der Klasse stehen im Kreis um Pia und Eva-Lena und halten Kriegsrat.

– Eine Feier bei ihm und seiner ätzenden deutschen Mama!, sagt Pia widerwillig.

– Mama hat gesagt, dass ich kein Taschengeld bekomme, wenn ich nicht hingehe, sagt Cilla.

– Stellt euch vor, dass sie an alle Eltern geschrieben hat, um uns einzuladen!, empört sich Eva-Lena und ahmt Thomas' Mutter so laut nach, dass er es hören kann: Liebe Herr und Frau Magnusson, die kleine Eva-Lena ist herzlich zum Fest eingeladen, Heil Hitler!

Thomas wird es kalt. Jetzt erkennt er das Ausmaß der Katastrophe. Seine Mama hat nicht ihnen geschrieben, sondern ihren Eltern. Jetzt können sie nicht absagen. Alle müssen kommen.

– Guck mal, da ist er!, flüstert jemand.

Die Mädchen tun so, als sähen sie ihn nicht, als er vorbeigeht. Er spürt sein eigenes Grinsen. Warum kann er nicht aufhören zu grinsen? Er möchte einfach fort sein, tausend Kilometer weit fort, in einer anderen Zeit, in einer anderen Welt, irgendwo, wo nicht alles so schrecklich ist wie hier.

Da kommt Jenny von hinten angelaufen und geht neben ihm her.

– Ich glaub, das wird lustig, sagt sie tröstend.

– Lustig?, schreit Pia ihnen hinterher, du bist ja wohl völlig verrückt.

– Nur weil du sonst nie eingeladen wirst, schreit Eva-Lena.

Jenny dreht sich um.

– Wieso? Was meint ihr?

– Nichts, lügt Eva-Lena und lächelt bösartig.

– Frag doch mal Juha, ruft Pia, während sie, gefolgt von den anderen Mädchen, weggeht, frag ihn, ob er heute Abend etwas Besonderes vorhat.

Ihr Lachen klingt wie das Geschrei von Möwen, und am lautesten von allen schreit Eva-Lena.

64

Am Nachmittag gehen Juha und Jenny wie immer zusammen von der Schule nach Hause.

Normalerweise reden sie ununterbrochen. Oder besser gesagt: Juha redet, Jenny hört zu und lacht.

Aber an diesem Freitag schweigen sie. Jenny blickt zu Boden, Juha kickt einen Stein vor sich her.

Juhas Verrat ist Jenny vollkommen bewusst. Trotzdem wartet sie jeden Augenblick darauf, dass Juha lachend seine lustige Überraschung präsentiert und ihr sagt, dass sie natürlich eingeladen ist.

Er tut es nicht. Still gehen sie nebeneinanderher.

Juha weiß, dass Jenny Bescheid weiß. Er sieht es, dass sie verletzt ist, aber er kann nichts dagegen tun.

Jenny passt nicht auf Partys. Das muss sie verstehen. Manchmal muss man einfach hart sein. So ist das nun einmal.

Als sie bei Juha zu Hause angekommen sind, sagt Jenny so unbeschwert, wie sie kann:

– Wollen wir spielen?

Irgendetwas muss sie ja sagen.

Juha räuspert sich verlegen.

– Keine Zeit. Tut mir Leid, echt, aber Stefan kommt heute Abend zu mir rüber.

– Ach so, seufzt Jenny und beißt die Zähne zusammen.

Juha sieht weg. Jenny schlenkert nervös die Schultasche hin und her, aber sie zwingt sich, ihn anzusehen.

– Was ich noch fragen wollte, fährt sie fort und bemerkt, wie ihre Stimme zittert, hast du heute Abend etwas Besonderes vor?

Da sieht Juha ihr direkt in die Augen und antwortet:

– Nein, was sollte das sein?

– Ich dachte nur, sagte Jenny und fügt hinzu: Pia und Eva-Lena ziehen sich ihre Maxiröcke an. Das haben sie beim Sport gesagt.

– Wovon sprichst du?

– Von deiner und Stefans Party.

Sie beißt sich auf die Zunge. Jetzt ist es raus. Sie hätte es nicht sagen sollen. Jetzt wird er sicher ärgerlich.

– Dann lügen sie, antwortet Juha aufgeregt, ich mach keine verdammte Party.

– ’tschuldigung, flüstert sie und schließt die Augen.

– Es ist doch wohl klar, dass ich dich eingeladen hätte, wenn ich eine Party machen würde!, fährt Juha fort.

Jenny zuckt die Achseln. Sie weiß es nicht.

Das tut am meisten weh. Sie hatte geglaubt, sie wüsste es, dachte, sie könne sich auf ihn verlassen, wenn es darauf ankäme.

– Sei nicht sauer, flüstert sie.

– Ist doch klar?, zischt Juha.

– Ja, ist klar. Du machst keine Party, und du würdest niemals eine Party machen, ohne mich einzuladen.

– Genau, sagt Juha, und jetzt muss ich rein.

– Dann sehen wir uns wohl am Montag?, schließt Jenny bekümmert.

– Klar, wir sehen uns am Montag.

Jenny geht gehorsam und still weiter zu ihrem Haus. Juha sieht ihr nach. Er erträgt es nicht.

– Warte!, schreit er.

Jenny dreht sich um und sieht ihn an.

– Bleib, wo du bist, ruft Juha, ich bin gleich zurück.

Während Jenny auf der Straße stehen bleibt, stürzt er ins

Haus, hinauf in sein Zimmer, wühlt aus einer Schreibtischschublade einen Ordner hervor und rast dann wieder die Treppe hinunter.

Ritva kommt aus der Küche und versucht ihn aufzuhalten.

– Gott sei Dank, da bist du ja. Hatten wir sieben Uhr gesagt? Ich weiß nicht, wie ich das bis dahin alles schaffen soll. Wo willst du denn hin? Willst du nicht für das Fest schmücken?

– Ich hab jetzt keine Zeit, das zu erklären!, keucht Juha und rennt aus dem Haus zu der wartenden Jenny.

Etwas wieder gutmachen. Wie macht man das?

Atemlos drückt man der Freundin, die man enttäuscht hat, einen Ordner in die Hand und sagt:

– Hier.

– Was ist das?, antwortet die Freundin.

– Meine Kinoanzeigensammlung.

Alle, die Juha und Jenny kennen, haben Sammlungen.

Oft verschiedene. Eine Briefmarkensammlung haben alle. In der Regel mit unterschiedlichen Spezialgebieten. Jenny sammelt Blumenbriefmarken, Lennart Sportbriefmarken, Erik hat Briefmarken mit Walt-Disney-Motiven.

Juhas Spezialgebiet sind Schmetterlingsmotive.

Juha weiß nichts über Schmetterlinge. Er interessiert sich nicht die Bohne für Schmetterlinge, ehrlich gesagt könnte ihn auch nichts weniger interessieren – aber er sammelt sie auf Briefmarken.

Juha hat ein Briefmarkenalbum mit schwarzen Seiten.

Darin sehen die Briefmarken viel wertvoller aus als in den altmodischen Alben mit weißen Seiten. Die besten Briefmarken kommen aus dem Oman und dem Jemen. Sie sind am größten und schönsten. Für 3,50 Kronen bekommt man unten im Spielzeugladen einen Satz von fünf Briefmarken.

Ein schöner Satz mit Schmetterlingen aus dem Oman ist absolut 3,50 wert.

Man kann außer Briefmarken auch fast alles andere sammeln: Aufkleber, Lesezeichen, Radiergummis mit Geruch, kleine Schnapsfläschchen, Modellflugzeuge, Bierdosen.

Juha sammelt Kinoanzeigen.

Er schneidet Kinoanzeigen aus der Zeitung aus und sammelt sie.

Er ist sehr stolz auf seine Kinoanzeigensammlung.

Wiedergutmachung also. Man nehme seine Kinoanzeigensammlung …

– Ich klebe sie in diesen Ordner ein, erklärt Juha Jenny und blättert, und manchmal schaue ich sie mir auch an. Die hier mag ich am liebsten.

Er zeigt auf die Anzeige für den Film »Poseidon Inferno«.

– Aber der ist natürlich erst ab achtzehn, seufzt er, alle guten Filme sind erst ab achtzehn. Ture Sventon und Stig Grybe sind frei ab sechs Jahren. Aber willst du Ture Sventon und Stig Grybe sehen, hä?

– Das ist eine schöne Sammlung, lobt Jenny, die es nicht bleiben lassen kann, nett zu sein.

– Sie ist für dich.

– Sie ist für mich?, hält Jenny skeptisch entgegen. Weshalb?

Wiedergutmachung. Ein unbeholfener Versuch, Zauberei anzuwenden. Zählt? Zählt nicht?

Ich muss jetzt rein. Tschüs, Jenny!

Er sieht ihr an, dass seine Zauberei dieses Mal misslungen ist.

Sie trennen sich.

Hart drückt sie Juhas Ordner gegen die Brust.

65

Jenny putzt sich raus. Auf dem Bett liegen die Kleider, gegen die sie sich entschieden hat. Sie steigt in einen Maxirock.

Sie musste ein Jahr lang quengeln, um ihn zu bekommen.

Aus dem Kleiderschrank zieht sie ihre schönste Bluse hervor. Sie ist helllila und hat Puffärmel, und sie ist ganz neu. Es ist das erste Mal, dass sie die trägt. Sie streicht mit der Hand über den Stoff.

Die Bluse ist so weich wie Juhas Gesicht.

Sie träumt von Juhas Gesicht, träumt davon, es streicheln zu dürfen, vorsichtig mit dem Zeigefinger darüber streichen zu dürfen. Er wird lächeln, und sie wird lächeln, und sie werden die allerbesten Freunde sein, versteckt vor der Welt und weit, weit fort von Sävbyholm.

Sie seufzt und zieht sich die Bluse über den Kopf.

Dann setzt sie sich vor den Spiegel. Vorsichtig löst sie die Spange aus dem Haar, versucht eine moderne Frisur herbeizubürsten.

Mit Kamm und Bürste versucht sie, Locken zu formen, einen Pony und einen Scheitel – aus der Hässlichkeit ein hübsches Mädchen herbeizuzwingen.

Lange sitzt sie vor dem Spiegel, betrachtet sich selbst, zieht die Bürste durch das Haar.

Sie zieht ihre Schminktasche hervor, sie legt blau schimmernden Lidschatten auf, tuscht sich die Wimpern – versucht, jemand zu werden, der sie nicht ist.

Jemand, der auf Partys eingeladen wird.

Jemand, der es wert ist, geliebt zu werden.

Das Telefon klingelt.

Jenny zuckt zusammen. Ihr Körper jubiliert. Das ist er. Das muss er sein. Sie weiß, dass er es ist.

Sie beeilt sich, ans Telefon zu gehen, aber ihr Vater hat bereits den Hörer abgenommen.

– Jenny?, sagt er. Ja sicher! Einen Augenblick, ich rufe sie!

Stolz schlägt das Herz in der Brust. Ihr Brustkorb hebt sich unter der Bluse. Liebster Juha!

– Da ist irgendein Thomas, sagt ihr Vater, er fragt, ob du mit ihm spielen willst.

Jenny zögert. Thomas! Das ist ja völlig verkehrt. Sie geht einige Schritte rückwärts. Tränen steigen ihr in die Augen. Sie hält die Hand vor den Mund, um nicht zu schreien, aber sie schreit trotzdem.

Ein kleiner Schrei, den sie nicht kontrollieren kann.

Ein kleiner Schrei, der überfließt.

– Einen Augenblick, Thomas, spricht der Vater in den Hörer und wendet sich dann missbilligend an seine Tochter:

– Schlimm, wie du dich aufgedonnert hast!

Da steht sie mit Blau auf den Wimpern und im Maxirock, mit ihrer ganzen Sehnsucht zur Schau gestellt, überwältigt von Scham.

Sie versucht, ihr Gesicht hinter den Händen zu verbergen. Sie schämt sich so sehr, dass ihre Haut brennt. Sie läuft in ihr Zimmer. Sie muss alleine sein, niemand soll es sehen, denn sie ist hässlich, hässlicher als jemals zuvor.

Ihr Vater ruft hinter ihr her:

– Du brauchst nicht zu glauben, dass du hübscher wirst, nur weil du dich zurechtmachst, das sag ich dir!

Seine Stimme hallt wie die Stimme eines Pastors in der Kirche: Glaube nicht, du seiest etwas Besonderes! Stell dich nicht zur Schau!

Jenny schlägt die Tür hinter sich zu, wirft sich auf ihr Bett und weint.

Die Wimperntusche macht Flecken auf der schönen neuen Bluse.

Sie will alle Menschen auf der ganzen Welt umbringen. Sie will sich selbst umbringen.

Sie betet zu Gott, dass sie nicht mehr mitmachen muss.

Aber sie macht mit. An diesem und an allen anderen Tagen macht sie mit.

Und die Kindheit ist bodenlos, unaufhörlich gleitet sie ab und verliert den Halt.

66

In dem großen Topf, gefüllt mit fettigem Wasser, schwimmen noch ein paar Würstchen. Das Popcorn ist fast aufgegessen. Jetzt ist die Party in vollem Gange. Alle tanzen. Auf dem Plattenteller dreht sich »Get down and get with it« von Slade.

Juha tanzt mit Li und spielt sich mächtig vor ihr auf! Li lächelt nur. Ihr macht es nichts aus, dass Juha nicht genau weiß, wie man richtig tanzt.

Er springt wie wild hin und her, klatscht in die Hände und stampft mit den Füßen, versucht die anderen mitzureißen.

Die anderen tanzen eher gelassen.

Stefan versucht mit unruhigen Blicken, Juha zu verdeutlichen, dass er dabei ist, sich lächerlich zu machen.

»Get down and get with it« ist der Partyhit der Partyhits, glaubt Juha.

Sonst glaubt das niemand.

Pia tanzt demonstrativ gelangweilt mit Lennart.

Eva-Lena tanzt mit Stefan, sie schüttelt den Kopf über Juha. Er ist ein Idiot.

Und Juha stampft und klatscht und springt und schüttelt sich, bewegt sich vor und zurück auf der Tanzfläche und ist außer sich vor Glück, während Slade singt: »Everybody everywhere, come on and stamp your feet, I said stamp your feet, yeah, yeah, yeah, come on and stamp your feet.«

Schließlich entscheidet Eva-Lena, dass es reicht. Sie tritt Juha gegenüber und zeigt mit dem Zeigefinger auf ihn.

– Hast du keine andere Musik?

Juha hört verwundert auf zu tanzen.

– Wieso, ist die nicht gut?

Stefan schaltet den Plattenspieler ab. Es wird still.

– Eva-Lena hat Recht. Hast du keine andere Musik?

Wie auf Kommando versammeln sich alle um den Plattenspieler und beginnen, in Juhas Schallplatten herumzuwühlen: »Propaganda« von den Sparks, »Sweet Fanny Adams« und »Desolation Boulevard« von Sweet, »Sheer Heart Attack« von Queen. Ein Vorschlag nach dem anderen wird abgelehnt und landet auf dem Fußboden, jemand kleckert Limonade auf »Sweet Fanny Adams«.

Juha starrt sie machtlos an.

Es ist wie in der Schule, wenn die Klassenlehrerin einen Film zeigen will.

Sie rollt Filmprojektor und Tonbandgerät herein und sagt:

– Hört mal, könnte jemand so nett sein und mir mit dem Tonbandgerät helfen?

Sämtliche Jungen außer Juha und Thomas stürzen herbei und beginnen, an dem Tonbandgerät herumzubasteln, einer eifriger und lauter als der andere.

Eines der Mädchen meldet sich und fragt:

– Was ist das für ein Film, Fräulein?

Die Lehrerin liest von der Filmdose ab:

– »Der Weg des Holzes vom Wald zur Papierfabrik«.

– Ist der von POGO?, schreit Eva-Lena erschreckt.

Die Lehrerin schaut nach.

– Ja.

– O nein!, schreien alle Mädchen und werfen sich verzweifelt nach vorne, so dass ihre Stirnen auf die Tischplatten schlagen.

Die Filme von POGO, sind sogar noch einen Hauch schlimmer als das Kinderprogramm von Staffan Westerberg.

– Na, murmelt die Lehrerin, das geht ja mal wieder richtig munter und fröhlich zu. Während ihr das Tonbandgerät in Ordnung bringt, muss ich schnell etwas erledigen gehen.

Auf der Party durchsucht Eva-Lena skeptisch Juhas Schallplatten nach Musik, die es wert ist, gespielt zu werden.

– Hast du nicht »I feel love« von Donna Summer?, quengelt sie.

– Oder »School's out« von Alice Cooper?, fragt Stefan.

Im Kartenraum nimmt die Lehrerin einen Schluck aus ihrem Flachmann.

– Verdammte Bälger!, murmelt sie und nimmt noch einen Schluck hinterher.

– Nein, aber ich hab »Love to love you baby« von Donna Summer, sagt Juha.

– Okay, sagt Eva-Lena, dann leg die auf.

– Aber die gehört Mama, wir müssen vorsichtig damit sein, murmelt Juha und startet den Plattenspieler, sie macht Hackfleisch aus mir, wenn die kaputtgeht.

»Ooo, love to love you baby! Ooo, love to love you baby!« tönt es aus den Lautsprechern. Sofort beginnen alle zu tanzen. Eva-Lena und Pia singen den Text mit, sie stöhnen und ahmen Donna Summer nach.

Juha geht hinüber zu Li, die auf dem Sofa sitzt und Limonade trinkt. Er verbeugt sich vor ihr.

– Sollen wir noch einmal tanzen?

– Nein danke, lehnt Li ab, ich brauche eine Pause.

Sie fächelt sich mit der Hand Luft zu, um zu zeigen, wie warm ihr ist.

Juha bleibt stehen, weiß aber nicht, was er sagen soll.

Er räuspert sich und tritt von einem Fuß auf den anderen.

Gerade als er sich einen lustigen Scherz ausgedacht hat, den er Li erzählen könnte, zieht Stefan sie aus dem Sofa hoch.

– Komm, wir tanzen!, ruft er.

– Okay!, sagt Li.

Und sie tanzen. Zurück bleibt Juha und murmelt tausend Scherze vor sich hin.

Best Jokes for Every Occasion.

Alle tanzen, nur er nicht.

Juha tritt ans Fenster, schaut hinüber zu Jennys Haus. Er schluckt.

Im Fenster auf der anderen Seite steht Jenny.

Sie sieht traurig aus.

Wie ein vorzeitig geöffnetes Türchen im Adventskalender.

Juha presst seine Hände gegen die Fensterscheibe, starrt Jenny an. Jeder von ihnen scheint in seinem Aquarium gefangen zu sein, obwohl sie sich eigentlich in demselben befinden sollten. Juha ist im falschen gelandet.

»Ooo, love to love you baby! Ooo, love to love you baby! Ooo, love to – love to – love to –«

– Da ist ja ein Kratzer in der Platte, schreit Eva-Lena ärgerlich und verschiebt unvorsichtig den Tonarm.

Aus den Lautsprechern dringt ein grässliches Kratzgeräusch.

Juha ist wieder zurück auf seiner Party.

– Pass auf die Platte auf!, ruft er.

– Ach was!, sagt Pia.

– Ooo, love to love you baby!, sagt Donna Summer.

Und als Juha wieder aus dem Fenster schaut, ist Jenny fort.

67

Stefan schaltet den Plattenspieler aus und klatscht in die Hände.

– Jetzt spielen wir »Wahrheit oder Pflicht«! Setzt euch alle hin!

– Los, kommt jetzt alle!, ruft Juha.

Dieses ist sein erstes »Wahrheit oder Pflicht«. Es ist ein fast feierlicher Moment.

Die Kinder setzen sich in einem Kreis auf den Fußboden. Stefan soll Spielleiter sein.

– Wer fängt an?, fragt Stefan.

Lennart schlägt Pia vor.

– Ich doch nicht, du blöder Spasti!, schreit Pia und schlägt nach Lennart.

– Okay, wir fangen mit Eva-Lena an.

– Einen Teufel werdet ihr tun!, schreit Eva-Lena.

– Irgendjemand muss doch anfangen, seufzt Lennart.

– Ja, ja, ja, meckert Eva-Lena, dann fang ich an mit Wahrheit.

Das Spiel kann beginnen.

Stefan will gerade eine Frage stellen, als plötzlich die Tür geöffnet wird und Ritva ihren Kopf hereinstreckt.

– Hallo Kinder, wie sieht's aus bei euch?

Hochrot im Gesicht fährt Juha auf.

– Raus hier! Du hast hier nichts zu suchen.

– Spielt ihr »Stille Post«?, stichelt Ritva.

– Raus mit dir!, brüllt Juha und setzt flehend hinzu: Du hast es versprochen!

– Ja, ja, sagt Ritva, ich wollte nur wissen, ob die Würstchen gereicht haben.

– Ja, sie haben gereicht. Geh jetzt!

Juha schiebt sie hinaus.

– Ich geh ja schon!, lacht Ritva. Küsschen, Küsschen, Küsschen!

Sobald sie wieder alleine sind, fragt Stefan Eva-Lena, welche drei Jungen in der Klasse sie am süßesten findet.

– Kann nicht jemand anders anfangen?, stöhnt Eva-Lena.

– Nein, nein, sagt Juha, jetzt sag schon.

– Stefan, Simon und ... Lennart, teilt Eva-Lena mit.

Lennarts Züge erhellen sich zufrieden auf.

– Jaja, da sieht man's mal wieder!, sagt er und tätschelt sich den Bauch.

– Okay, jetzt ist Juha dran, bestimmt Stefan.

Juha richtet sich auf. Darauf hat er lange gewartet.

– Wahrheit oder Pflicht?, fragt Stefan.

– Wahrheit!, sagt Juha laut und deutlich.

– Feigling!, zischt Lennart und versetzt Juha einen Stoß in die Rippen.

– Hör auf!, zischt Juha zurück und schubst Lennart fort.

– Wahrheit!, sagt Stefan. Okay ... Welches Mädchen in der Klasse findest du am süßesten von allen?

Stefan kennt die Antwort. Er lächelt hinterhältig. Juha wird rot und starrt Li an.

– Li, flüstert er.

Li lächelt. Juha möchte am liebsten im Boden versinken.

– Da sieht man's mal wieder!, sagt Lennart, die Spannung steigt.

– Jetzt ist Pia dran, ob sie nun will oder nicht, sagt Stefan.

– Wahrheit, bestimmt Pia.

– Es können doch nicht alle Wahrheit nehmen, beschwert sich Simon.

– Na gut, dann nehme ich eben Pflicht, faucht Pia ärgerlich, aber ich habe nicht vor, irgendjemanden zu küssen. Tja, schade, Simon, du doofer Spasti!

– Also, mal sehen, murmelt Stefan und denkt eine Weile nach, bevor ihm etwas Gutes einfällt. Ich möchte, dass du zu Juhas Mutter gehst und dich für die ekligen Würstchen bedankst.

Alle Kinder schreien vor Lachen. Juha wird blass.

– Okay!, sagt Pia nonchalant.

Sie steht auf. Die anderen folgen ihr kichernd und flüsternd. Der Abend ist dabei, sich zur besten Party aller Zeiten zu entwickeln.

Ritva sitzt mit Bengt zusammen und schaut fern. Der Fernseher wurde für diesen Abend hinauf ins Schlafzimmer verlegt.

Die Kinder versammeln sich vor der Schlafzimmertür, psst, machen sie, versuchen, ihr Kichern zu unterdrücken. Pia klopft an die Tür.

– Herein, sagt Ritva.

Pia öffnet die Tür.

– Entschuldigung, sagt sie und gibt Ritva artig die Hand. Sie macht einen Knicks und fährt vollkommen ungerührt fort: Ich wollte mich nur für die ekligen Würstchen bedanken. Gibt es hier eine Toilette, wo ich mich übergeben kann?

Vor der Tür explodieren die anderen Kinder vor Lachen. Sie rasen wild durcheinander die Treppe hinunter ins Wohnzimmer. Zufrieden und stolz wie eine Königin kommt Pia dazu.

– So eine Frechheit!, lacht Bengt amüsiert. Verflixte ungezogene Kinder!, ruft er ihnen nach.

– Ihr habt es beide versprochen!, fleht Juha verzweifelt. Außerdem war das ein Spaß.

– Ach was, das haben wir wohl mitbekommen, lacht Ritva und scheucht ihn fort. Geh jetzt runter und amüsier dich. Ist übrigens ein anständiges Mädchen, diese Pia. Das würde ich zu deinem Papa auch gerne mal sagen am Samstagabend: Danke für die ekligen Würstchen, kann ich irgendwo kotzen?

– Ritva!, faucht Bengt und wird dunkelrot im Gesicht.

– Anna mun kaikki!, faucht Ritva zurück, und alles ist so wie immer.

Juha geht hinunter zu den anderen, und die Party geht weiter. Die Stimmung nähert sich dem Höhepunkt. Li ist an der Reihe mit »Wahrheit oder Pflicht«.

– Pflicht!, wählt sie mutig.

Alle jubeln.

– Da weiß ich genau!, sagt Stefan listig und reibt sich die Hände. Küss Juha!

Juha glaubt zuerst nicht, dass er richtig gehört hat. Li soll ihn küssen? Sein erster Kuss.

Während alle Kinder den Atem anhalten, erhebt sich Li, geht lächelnd auf Juha zu und küsst ihn auf die Wange, als sei es das Normalste der Welt.

Die Kinder schreien vor Verzückung. Juha kann sein Glück kaum fassen. Das hier ist der beste Tag in seinem Leben.

– Ja, und jetzt schwofen wir!, ruft er.

– Wir sind doch noch nicht mit dem Spiel fertig, schimpft Lennart.

– Aber ich will jetzt schwofen, und das ist meine Party!, sagt Juha und wagt es zum ersten Mal, Lennart herauszufordern.

– Ich finde, Juha hat Recht, sagt Pia. Wir schwofen lieber.

Pia ist auf Juhas Seite. Das ist zu gut, um wahr zu sein.

– Ja, sonst ist es gleich zehn Uhr, und dann muss ich nach Hause, sagt Eva-Lena.

– Was, ist es schon so spät!, ruft Cilla.

– Ich darf nicht länger als bis zehn Uhr wegbleiben, teilt Pia mit.

– Kannst du nicht zu Hause anrufen und fragen, ob du ein bisschen länger bleiben darfst?, fragt Stefan.

– Dann muss ich auch anrufen, sagt Simon.

Alle drängen sich hinaus in den Flur, wo das Telefon steht.

– Ich dachte, wir wollten schwofen?, piepst Juha, der jetzt völlig verwirrt ist.

– Später, erklären ihm die anderen, wir müssen erst anrufen.

Und zufällig bleibt Juha alleine mit Li im Zimmer zurück.

Er schluckt. Das ist seine Chance.

Mit zitternden Händen schaltet er den Plattenspieler an. »How does it feel« von Slade. Dann geht er auf Li zu und fordert sie auf.

– Wollen wir trotzdem schwofen?

– Wir warten auf die anderen, meint Li.

Juha räuspert sich. Er tritt von einem Fuß auf den anderen, weiß nicht, wohin mit den Händen. Er versteckt sie hinter dem Rücken und wechselt wieder das Standbein.

– Ziemlich gutes Lied!, sagt er, denn er weiß nicht, was er sonst sagen sollte.

– Mmm, sagt Li.

– Das ist Slade, erzählt Juha.

– Ich weiß, sagt Li.

Sie schweigen.

Juha weiß, dass er sich beeilen muss. Die anderen können jeden Moment zurück sein, und dann ist es zu spät.

Er weiß einfach nicht, wie er auf eine natürliche Art und Weise auf das Thema kommen soll.

– Möchtest du Popcorn?, sagt er, und seine Stimme ist nicht mehr als ein Jammern.

– Das ist alle, sagt Li.

– Übrigens, willst du mit mir gehen, flüstert Juha und wird rot.

– Nein, sagt Li.

– Na ja, sagt Juha und hickst, ich dachte nur so.

68

Ein wenig später schwofen die anderen. Lennart hat das Licht ausgemacht, damit sich niemand genieren muss. Alle tanzen, bis auf Charlotte, die auf dem Sofa sitzt und das letzte Würstchen verschlingt.

Und Juha.

Er steht am Fenster und starrt hinaus.

Der Mond scheint.

Li tanzt mit Stefan. Eng aneinander.

Plötzlich erscheint Jenny am Fenster im Haus gegenüber.

Sie und Juha schauen einander an. Einen langen Moment stehen sie so und schauen, schauen einander einfach an.

Ein Engel wandert zwischen den Häusern entlang, hinauf in den dunklen Wald.

69

Am Samstagvormittag klingelt Juha bei Jenny. Er möchte sich wieder mit ihr vertragen. In der Tasche hat er ein kleines Geschenk.

Ihr Vater öffnet und starrt Juha sauer entgegen.

– Ach, du bist es, murmelt er streng. Jenny behauptet, sie sei krank. Nicht, dass ich verstehe, was ihr fehlt, aber sie sagt, sie möchte niemanden sehen.

– Aber ich hab ein Geschenk dabei, stammelt Juha und zieht das Paket aus der Tasche.

Jennys Vater beachtet Juhas Geschenk nicht.

– Sie hat mich gebeten, dir das hier zu geben, fährt er fort und reicht Juha den Ordner mit der Kinoanzeigensammlung. Sie hat gesagt, das gehört dir. Sie grüßt und bedankt sich für das Ausleihen.

Juha öffnet den Mund, um zu protestieren.

– Geh jetzt nach Hause!, befiehlt Jennys Vater.

Er verzieht das Gesicht und schließt die Tür direkt vor Juhas Augen.

Juha bleibt mit seiner Kinoreklamensammlung und seinem Aussöhnungsgeschenk vor der Tür stehen.

70

Auf dem Weg nach Hause kommen ihm Lennart und Stefan auf dem Fahrrad entgegen. Er hebt den Kopf.

– Nette Party gestern, sollte man vielleicht sagen, grinst Lennart.

– Danke, antwortet Juha, ich hoffe, ihr hattet Spaß.

Lennart zuckt gleichgültig die Schultern.

– Was ist in dem Ordner?

Juha schämt sich.

– Das hier? Das ist eine ... Kinoanzeigensammlung.

– Mann, wie albern. Wem gehört die?

– Das ist ... Jennys. Äh, ich wollte sie ihr zurückgeben, aber sie war nicht zu Hause.

Er lacht nervös.

– Ganz schön kindisch, Kinoanzeigen zu sammeln!, setzt er hinzu und lässt den Ordner hin und her schwingen, ich muss jetzt nach Hause. Tschüs.

Er ist ihnen ein paar Metern entkommen, als Stefan hinter ihm herruft:

– Übrigens habe ich Li gestern gefragt, ob sie mit mir gehen will.

Juha erstarrt, dreht sich langsam um und versucht so desinteressiert zu klingen wie möglich.

– Und, sagt er, was hat sie gesagt?

– Was zum Teufel glaubst du?, sagt Stefan triumphierend. Ja natürlich!

Juha schließt die Augen. Sein Herz klopft. Er ist selbst schuld.

71

Daran werde ich mich immer erinnern, dachte ich, als ich in einer Julinacht in den schwarzen Waldsee eintauchte, der so still dalag, versteckt hinter den Tannen, tief im Wald, daran werde ich mich immer erinnern.

An den Ruf des Prachttauchers, den das Echo hin und her warf, an die dünnen Nebel, die die Wasseroberfläche liebkosten, an die Tannen, die sich in dem schwarzen Waldsee spiegelten.

Ich werde mich immer daran erinnern und es niemals vergessen.

Jetzt ist es Ende September.

Wieder einmal fahre ich mit dem Zug durch Schweden. Auf dem Weg zu einem Lokal in Örebro, um vor fröhlichen Menchen aufzutreten, die nichts anderes begehren, als Herbst und Elend von sich fortzulachen. Die Saison ist in vollem Gange.

Das Laub der Birken wird gelb, die Farne sind bereits novemberbraun. Es ist kurz vor sechs am Abend, doch die Sonne geht schon unter.

Sie verbrennt. Wie alles verbrennt. Wie die Erde sich dreht. Wie die Freunde sterben.

Ich habe bereits all das vergessen, was ich niemals vergessen wollte.

Der Herbst ist gekommen. Er beißt sich in mir fest und zieht mich mit sich. Überall hat der Sommer den Halt verloren, die Kühle dringt aus allen Richtungen herein, die Abende werden kürzer. Es ist nicht später als sechs Uhr, trotzdem ist der Himmel schon dunkelblau und dämmrig. Gelb und rot leuchten die Bäume, die ihr Laub noch nicht verloren haben.

Die Bauern haben geerntet, was sie konnten, und die Felder liegen brach, warten auf das nächste Jahr. Bald stellen wir um auf Winterzeit, und dann gibt es erst mal nichts mehr, worauf man hoffen kann. Der Winter kommt bald, ein halbes Jahr lang. Wir werden alles verlieren.

Gott sei Dank gibt es im Supermarkt ICA Kerzen im Sonderangebot. 15,90 Kronen für eine Zehnerpackung.

Also zünden wir die Kerzen an, mummeln uns in schlampige Strickjacken, hocken drinnen und schreiben, lesen »Asterix« und schauen zu, wie aus Katzenjungen richtig stattliche Tiger werden. Das warme Wasser gluckert in den Heizkörpern. Die Kirchenglocken läuten zur Ruhe.

Alles fällt, Leninstatuen und Sozi-Regierungen. Keine Macht hält ewig. Auch Tyrannen sterben eines Tages.

»Advent ist Dunkelheit und Kälte … komme, Herr, komme herbei, wenn es Zeit ist!« Erinnerst du dich an den Psalm? Wir haben ihn immer kurz vor Weihnachten in der Schule gesungen.

Der Zug rattert über die Gleise. Die Bäume stehen wie schwarze Silhouetten gegen den Himmel. Im Westen leuchtet der Vollmond. Hier sitze ich im Zug und trauere.

Gestern war ich in Karlstaad. Ein widerlicher Auftritt.

Der Veranstalter wusste nicht einmal, wie ich heiße. Er nannte mich Juha Lindkvist. »Du bist ja nicht gerade Cliff Richard!«, sagte er. Verdammtes Arschloch! Das Publikum war so besoffen, dass sie die Tische umgeworfen haben. Sie hassten jedes Gramm an mir.

Und nach dem Auftritt traf ich Stefan Larsson. Er drängte sich in die Garderobe mit dem Recht, das alte Bekannte sich nehmen. Ich wurde völlig kalt, als ich ihn erkannte.

»Hei, Juha!«, rief er. »Erkennst du mich nicht wieder?«

Dann lachte er dieses grässliche blubbernde Lachen, das er schon als Kind hatte: Ha ha ha ha! »Erkennst du mich nicht wieder?«

Verdammt, und wie ich ihn wieder erkannte.

Und ich dachte: Ich bin erwachsen, und er kann mir nichts anhaben. Ich dachte: Ich bin ein Star! Er kommt nicht an mich heran, sosehr er es auch versucht.

»Ja, ich wohne hier zurzeit« sagte er. »Als ich in der Zeitung gelesen hab, dass du kommen würdest, dachte ich, es könnte lustig sein, zu sehen, wie es dir geht.«

Welch ein verdammtes Arschloch!

»Normalerweise läuft es besser als heute«, sagte ich.

»Das hoffe ich!«, sagte er, und dann lachte er wieder sein grässliches Lachen: Ha ha ha ha!

»Anders als in der ›Lustigen Stunde‹«, fuhr er fort, »erinnerst du dich?«

Und dann begann er zu singen: »Tot, tot, alles tot ...«

»Erinnerst du dich?«, rief er. »Erinnerst du dich?«

»Nee, ich erinnere mich nicht«, sagte ich und zündete mir eine Zigarette an. Ich begriff nicht, warum ich so nervös wurde.

Warum sagte ich ihm nicht einfach, er soll sich verpissen?

»Und du? Was machst du so?«, piepste ich wie ein Idiot.

»Verdammt, du bist echt berühmt!«, machte er weiter. »Wie ist das, wenn man bekannt ist, ne? Ha ha ha ha!«

»Und du?«, schrie ich und merkte, dass ich versuchte, wie er zu klingen. »Was ist denn aus dir geworden?«

»Ja, ich bin nicht berühmt geworden, wenn es das ist, was du meinst.«

Und es war einen Moment lang still, bevor er plötzlich in einem viel ruhigeren Tonfall sagte: »Nichts! Aus mir ist gar nichts geworden.«

Er lachte geniert. Kannst du dir das vorstellen?

Stefan Larsson hat geniert gelacht! Ich konnte es kaum fassen.

»Wie kannst du so etwas sagen?«, fragte ich. »Als wir zur Schule gegangen sind, warst du doch so gut in …«

Und dann dauerte es eine Minute, bis ich auf etwas kam, worin er gut gewesen war.

»… Brennball und Schlagball. Du hattest doch einen super Schwung im Arm.«

Wie ich es genoss. Da bekam er sein Fett weg, der Idiot!

»Ach so«, antwortete er, »soll ich jetzt in Begeisterung ausbrechen? Mein Leben ist ja nicht verschwendet, weil ich vor hundert Jahren ein Ass in Brennball war?«

Kann jemand wie Stefan Larsson auch trauern?

Das kann man sich fragen. Ich kann es nicht glauben, aber einen Augenblick lang dachte ich, dass die Dinge sich geändert haben könnten.

Aber er riss sich natürlich zusammen und fing wieder an zu lachen. »Scheiße, was hatten wir für einen Spaß, erinnerst du dich an die Sportlehrerin und ihr ›Alle müssen duschen, alle müssen duschen!‹ Ha ha ha! Und dann haben wir die Bräute durchs Schlüsselloch beobachtet, das waren noch Zeiten.«

»Tja, ich durfte ja nie dabei sein, wenn ihr die Bräute durchs Schlüsselloch beobachtet habt«, sagte ich, so laut ich es wagte.

»Und was für Titten Pia hatte, als sie zwölf war, die reinsten Bomber.«

»Ach?«

»Weißt du übrigens, was sie inzwischen macht?«

»Nein.«

»Und Lennart?«

»Nein.«

Nein. Nein. Nein. Ich hörte nicht zu. Ich verwandelte mich in einen kleinen, harten Stein.

»Verdammt, wie hieß die, mit der du immer zusammen rumgehangen hast? Ach ja, genau, Jenny!«

Mein Herz schlug wie ein Hammer. Was zum Teufel fiel ihm ein, in mein Scheißleben reinzuplatzen, jetzt, wo ich alles in Ordnung gebracht habe und jemand geworden bin, jemand, der stolz auf sich sein kann. Jetzt, wo es mir endlich gut geht.

Warum sagte ich ihm nicht einfach, er soll sich verpissen?

»Ich treffe nie jemanden«, versuchte ich so kalt wie möglich zu sagen, »ich habe nicht einen Einzigen aus unserer Klasse getroffen, seit wir mit der Schule aufgehört haben.«

»Ist doch klar, bei dir läuft ja auch alles so gut. Sich einfach nur auf der Bühne zum Affen zu machen. Wirst du für den Scheiß auch noch bezahlt?«

»Ich komm durch.«

»Weißt du übrigens, dass ich mal ein paar Finger reingeschoben hab?«

Ich erstarrte. Hat Stefan etwas mit Jenny gehabt?

»Das wusstest du nicht. In der Achten. Sie war voll wie eine Haubitze, fast schon bewusstlos. Wir haben ihr die Hosen runtergezogen, und alle haben ihr die Finger reingesteckt. O Mann, Lennart hat ihr sogar eine Flasche in die Fotze geschoben, ohne dass sie etwas gemerkt hat. Ha ha ha ha!«

Weißt du, Thomas, da stand ich in meiner beschissenen Garderobe, in die er einfach hereingeplatzt ist, und erzählte die ekelhafteste Geschichte, die ich jemals gehört habe über den einzigen Menschen, den ich jemals … und ich schwieg. Ich schwieg!

Wie du schweigst.

Kleine Jenny. Meine arme kleine Jenny.

Was haben sie dir getan. Und ich stand nur da und konnte nichts tun.

Weißt du, was ich sagte, Thomas? Ich sagte einfach nur: »Ich muss gehen. Es tut mir Leid, aber ich muss gehen. Ich muss zum Hotel. Muss früh raus, muss mit der Morgenmaschine nach Hause. Wer rastet, der rostet, du kennst das ja!«

Wie ein beschissener Duckmäuser, Thomas, bat ich ihn, flehte ich ihn an, gehen zu dürfen.

Und er, dieser verfluchte Stefan Larsson, er wurde wütend!

»Hör zu, du kleiner Pisser!«, zischte er. »Plötzlich ist man also pampig! Pass bloß auf, du kleines Ekel!«

Und er presste mich hart gegen die Tür. Mein Pullover zerriss, es tat tierisch weh.

»Glaub ja nicht, das du etwas Besseres bist!«, zischte er.

»Ich glaub nicht, dass ich etwas Besseres bin«, piepste ich. »Lass mich los!«

Er stieß mich zu Boden und drehte mir den Arm um. Es war, als sei kein Tag vergangen, als seien wir wieder in Sävbyholm, als sei nichts geschehen, als seien wir noch immer Kinder. »Sing ›Tot, tot‹, dann lass ich dich los!«, schrie er. »Leck den Fußboden, wo ich stehe!«

Und ich sang. Ich sang. Ich leckte und sang.

Das Gesicht auf den schmutzigen Fußboden gedrückt, sang ich in meiner Garderobe für Stefan Larsson, genau wie damals, als ich klein war: »Tot, tot, alles tot ...«

»Unglaublich!«, rief Stefan und strahlte wie die Sonne. »Unglaublich! Du bist genau wie früher. Du hast dich kein Stück verändert!«

Er hatte Recht.

Unsere Rollen waren dieselben wie damals.

Stefan Larsson verließ lachend die Garderobe und ging in die Diskothek nebenan. Der Diskjockey spielte »Love to love you baby«: »Für alle, die sich noch an die Siebziger erinnern, hier ein Goddie von anno dazumal.« Und Stefan wackelte mit dem Hintern und sang das Lied mit, das aus einer Zeit stammt, in der alles so viel besser war als jetzt.

Ich verließ die Diskothek, ohne jemanden zu sehen, zu hören und jemanden zu berühren.

Und vor mir schritt der Engel, still und mit gebeugtem Haupt.

72

– Satan ist ein gefallener Engel.

Das sagt Juhas Oma immer.

Damit meint sie, dass man einem Menschen nicht ansehen kann, ob er gut oder schlecht ist. Deshalb ist es am besten, niemandem zu vertrauen.

»Ein Engel geht um unser Haus, zwei goldene Lichter in der Hand …«, betet Juha manchmal, wenn er schlafen geht.

Es kommt vor, dass er dann lange wach liegt und sich vorstellt, dass gerade der Engel, der ums Haus schleicht, einer von den gefallenen sein könnte.

Wenn Juha sich einen gefallenen Engel vorstellt, sieht er immer seine Oma vor sich.

Die Oma von Juha und Marianne sieht entsetzlich aus, wenn sie lacht. Sie zieht die Schultern hoch und streckt den Kopf nach vorne, gleichzeitig legt sie ihr Gesicht in tausend Falten.

Vielleicht lacht sie deshalb so selten.

Sie sagt selbst: Wozu sollte das gut sein? Und meint, dass sie etwas, das niemandem keinen Nutzen nicht bringt, nicht gebrauchen kann.

Juhas und Mariannes Oma spricht immer in Negationen.

Das Allernetteste, was sie jemals über einen anderen Menschen gesagt hat, war: Sie benimmt sich nie seltsam!

Einmal im Jahr kommt sie zu Besuch und hält bei ihnen Einzug.

Wenn sie kommt, fährt Bengt mit dem Auto zum Bahnhof in die Stadt, um sie abzuholen.

– Fahr nicht so schnell! Du fährst uns noch in den Tod!, jammert sie.

– Liebste Mama, ich fahre fünfzig, protestiert Bengt.

– Du fährst uns trotzdem in den Tod!

– Aber liebste Mama, ich –

– Widersprich mir nicht!

– Wie du willst. Ich fahr uns in den Tod. Aber Ritva wartet mit dem Essen.

– Na siehst du, noch ein Grund, langsam zu fahren. Die Frau von deinem Bruder, ja, die kann kochen. Überhaupt ist sie ein sehr guter Mensch, ja, sie benimmt sich nie seltsam.

– Tut Ritva das denn?

– Hab ich nicht gesagt. Ich habe nur gesagt, dass die Frau deines Bruders sich nie seltsam benimmt.

– Wie lange wolltest du doch gleich bleiben?

– Eine Woche. Übrigens ist dieses Auto undicht.

– Es ist überhaupt nicht undicht!

Als sie das Haus betreten, rennen Juha und Marianne herbei und umarmen ihre Oma.

– Hallo Oma!, sagt Juha und küsst sie artig auf die Wange. Wann fährst du wieder?

– Guck mal, Oma, ruft Marianne fröhlich, ich habe eine neue Bluse!

– Sie durfte sie sich selber aussuchen, erklärt Ritva, die mit einem Topflappen in der Hand gegen den Rahmen der Küchentür gelehnt steht.

– Tja, gluckst Oma, betrachtet Mariannes Bluse und saugt ein wenig an ihrem Gebiss. Dann antwortet sie, und sie ist nicht so schauderhaft, wie man hätte befürchten können.

Juha überreicht Oma ein Bild, das er ihr als Willkommensgeschenk gemalt hat. Er hatte es hinter seinem Rücken versteckt.

Oma nimmt das Bild und tätschelt Juha den Kopf.

– Danke, mein kleiner Schatz, man hat ja schon Hässlicheres gesehen! Na ja, jetzt ist man also mal wieder hier ... was glotzt ihr beiden mich denn so an?

– Sie sind so froh, ihre Oma zu sehen, beeilt sich Ritva zu sagen.

– Ach so, ihr wollt Süßigkeiten, ruft Oma und lächelt sauer, während sie ihre große Handtasche öffnet.

– Ich habe für jeden von euch ein Paket Rosinen gekauft, bitte sehr.

Enttäuscht nehmen die Kinder die Rosinen entgegen und gehen spielen.

– Hattest du eine gute Reise?, versucht es Ritva.

– Oh Gott, nein, und dann auch noch dieses Wetter!, antwortet Oma.

– Aber es scheint doch die Sonne!

– Ja, das meine ich doch. Also, wie lange muss ich noch hier im Flur herumstehen?

– Entschuldige, liebe Britta, seufzt Ritva und trägt die Tasche der Schwiegermutter in das Gästezimmer nebenan, ich hab mir gedacht, dass du im Gästezimmer schläfst wie gewöhnlich. Wir haben ein neues Bett gekauft. Du hast über das alte ja so geklagt.

Oma grunzt etwas Unverständliches, folgt Ritva ins Gästezimmer und betastet misstrauisch das Bett.

– Viel zu weich, beschwert sie sich, ich hoffe, es war wenigstens billig.

– Wie lange wolltest du doch gleich bleiben, liebe Britta?, seufzt Ritva.

Es ist immer so geplant, dass Oma eine Woche lang bleibt, aber jedes Mal fährt sie nach drei, vier Tagen.

Am Abend, nachdem sie abgefahren ist, lässt Ritva sich jedes Mal voll laufen.

Es ist nicht leicht, nicht gut genug zu sein.

73

Wann bittet man um Vergebung?

Eine gute Idee ist es, zu warten, bis man auf dem Sterbebett liegt. Dann kann man das ganze Leben lang Spaß haben und trotzdem in den Himmel kommen.

Das erscheint Juha verlockend.

Und wenn man sowieso schon einmal bereut, kann man genauso gut gleich alles auf einmal bereuen, dann ist man sicher, dass nicht die kleinste unverziehene Sünde übrig bleibt und Wellen schlägt.

Aber vielleicht wäre das ein Versuch, Gott zu hintergehen: Mit kalter Berechnung zu bereuen ist vielleicht ebenfalls eine Sünde.

Juha findet, dass es in Bezug auf Gott einiges zu bedenken gibt.

Man stelle sich beispielsweise nur einmal vor, wie gut es wäre, Jesus zu sein. Dann hätte man seine Schäfchen im Trockenen. Alleine zu wissen, dass man Gottes Sohn ist und frei von Sünde, das wäre einfach Klasse!

Juha weiß, dass er froh sein kann, in Schweden geboren worden zu sein und nicht in Biafra, aber das ist nichts, verglichen mit dem Glück, als Jesus geboren worden zu sein!

Besser als ein Lottogewinn.

Obwohl, na ja, es muss ganz schön unangenehm gewesen sein, derart zu leiden und zu sterben. Ausgepeitscht zu werden, das könnte man ja vielleicht noch aushalten, aber Nägel durch die Hände!

Juha erschaudert bei dem bloßen Gedanken und versteckt schnell seine Hände, um sie zu schützen.

Andererseits war all das Schreckliche ja nach ein paar Tagen vorbei. Als Jesus drei Tage später wieder auferstand, war schließlich alles wieder völlig in Ordnung.

Judas kann einem da fast noch eher Leid tun.

Er steht völlig außen vor, und keiner will etwas mit ihm zu tun haben. Warum konnte Jesus ihm nicht auch verzeihen?

Weil er einen einzigen Fehler gemacht hat.

Für diesen Menschen wäre es besser gewesen, er wäre gar nicht geboren worden, sagte Jesus und meinte es ernst. Kein Witz. Kein verzeihendes Lächeln.

Es gab für ihn keine Vergebung.

Wegen einer einzigen Sünde. Wegen eines einzigen Verrates.

Wenn Juha daran denkt, bekommt er Angst vor Gott.

Er kann es sich lebhaft vorstellen, wie verzweifelt Judas nach Gott rief, wie er um Vergebung bat, aber Gott war nicht für ihn da, und er musste sich ganz alleine erhängen, niemand, der um ihn weinte, niemand, der seine Hand hielt.

Und tief drinnen in Juha nagt der entsetzliche Verdacht, dass er Judas gleicht, dass er genauso handeln könnte.

Pfui, man sollte diese schrecklichen Gedanken loswerden. Juha möchte gut sein, er möchte einer von denen sein dürfen, zu welchen Jesus sagt: »Kommet im Namen des Vaters und nehmet das Reich in Besitz, welches für euch bereitsteht seit Anbeginn der Zeit.«

An Gott gibt es so vieles, das man versuchen muss zu verstehen. Zum Beispiel steht geschrieben, dass Jesus drei Tage lang tot war, aber er starb doch an einem Freitag, und er stand wieder auf an einem Sonntag, und egal wie man auch rechnet, es sind immer nur zwei volle Tage. Völlig unbegreiflich!

Die gesamten Osterferien widmet Juha der Passionsgeschichte.

Bengt soll mitmachen bei der kleinen Theaterszene, die Juha sich ausgedacht hat.

Juha gibt ihm Instruktionen, so gut er kann.

Marianne sitzt einige Meter in der Nähe und liest einen Draculacomic.

– Du musst ganz ruhig liegen!, erklärt Juha seinem Papa. So! Gut! Jetzt liege ich hier und bin tot.

Juha legt sich würdevoll neben Bengt und faltet die Hände über dem Bauch.

Sie liegen still. Nichts passiert.

– Wie lange sollen wir hier rumliegen?, flüstert Bengt nach einer Zeit.

– Du musst leise sein!, flüstert Juha gereizt zurück. Bis der Engel kommt und den Stein zur Seite rollt.

– Wann kommt denn der Engel?, flüstert Bengt.

– Gleich. Ruhe!

Sie warten noch eine Weile. Schließlich hält Juha es für notwendig, einzugreifen.

– Marianne!, zischt er.

Sie reagiert nicht.

– Marianne! Was machst du denn da?

– Warte ..., murmelt Marianne, die völlig in ihren Draculacomic vertieft ist, ich will das hier noch eben zu Ende lesen.

Juha hebt den Kopf.

– Du blöde Scheißkuh! Entweder du kommst jetzt, oder du darfst nicht mehr mitmachen! Dann bin ich beides, Jesus und der Engel. Marianne steht auf, ohne auch nur den Blick vom Heft zu nehmen.

– Na gut! Was soll ich machen?

– Du sollst den Stein zur Seite rollen, so dass das Grab geöffnet wird. Dann sollst du mich auferwecken.

– Wie denn?

– Frag nicht so viel. Roll einfach nur den Stein zur Seite!

Marianne stößt ihren Papa an, der sich nicht rührt.

– Jetzt roll zur Seite, Papa!, flüstert Juha.

– Ich spiele die Rolle auf meine Weise, flüstert Bengt.

– Roll zur Seite, blöder Stein!, ruft Marianne.

Bengt seufzt und rollt den Abhang hinunter.

– Weiter! Weiter!, ruft Marianne entzückt und läuft hinter ihrem Vater her. Sie schubst ihn an, so stark sie kann.

Er bekommt zu viel Schwung und sucht nach etwas zum Festhalten.

Er greift nach der Sonnenuhr.

Sie kippt um.

– Scheiße, die Sonnenuhr!, schimpft Bengt.

– Ruhe!, ruft Juha. Du musst mich jetzt erwecken, Marianne!

– Wach auf! Wach auf!, ruft Marianne.

Feierlich erhebt sich Juha.

Beide Kinder skandieren im Chor:

– Jesus ist auferstanden. Ja, wahrlich, er ist auferstanden.

Ritva kommt nach Hause von Solveigs Lebensmittelladen. Mit den Einkaufstüten bepackt, steigt sie aus dem Auto.

– Und was treibt ihr hier?, fragt sie misstrauisch.

– »Jesus ist auferstanden von den Toten.«

– Und Juha ist Jesus, und ich bin der Engel, und Papa ist der Stein, der vor dem Grab liegt, erklärt Marianne.

– Die Scheißsonnenuhr ist umgekippt, sagt Bengt.

– Er ist der schlechteste Stein von der ganzen Welt, beschwert sich Juha, denn er redet die ganze Zeit. Wenn du willst, kannst du die drei trauernden Frauen sein.

– Nein danke, mein Schatz, sagt Ritva, Herrgott, Bengt, warum gibst du dich für diese Märchen her?

– Das sind keine Märchen!, protestieren Juha und Marianne gleichzeitig.

Ritva verdreht die Augen und geht mit den Einkaufstüten zum Haus.

– Ich habe Kinder, die an Gott glauben. Was habe ich in meiner Erziehung falsch gemacht?

74

Ja, ich glaubte an Gott. Ich glaubte daran, dass er eines Tages kommen würde, um uns zu befreien. Das tat ich.

Wie stellte ich mir Gott vor?

Wie ein Wesen von einem anderen Stern. Wie jemand, der kommt und alles in Ordnung bringt, alle tröstet, allen verzeiht. Auf dem Feld hinter der Schule würde er landen. Alle aus Sävbyholm würden sich versammeln – aus irgendeinem Grund würden alle dorthin GEHEN, nicht mit dem Auto fahren – einige hätten Anlass, sich zu fürchten, wir anderen würden Gott mit Freude begrüßen.

Heerscharen von Engeln in glänzenden silbernen Gewändern würden sich um den Herrn stellen, er selbst würde auf einem Stuhl in der Mitte sitzen, um Gericht zu halten.

Da Gott physisch materialisiert durch den Weltraum reist, kann man verstehen, dass es einige Zeit dauert, bis er ankommt, aber dass Gott so unglaublich lange ausblieb, konnte ich nicht verstehen. Weshalb dieses Schweigen? Warum gibt er uns nicht wenigstens ein kleines Zeichen?

Das ist fast schon gemein von ihm.

Als ich es nicht mehr aushielt, länger zu warten, begann ich mich darauf vorzubereiten, Sävbyholm auf eigene Faust zu verlassen.

Vielleicht kommt Gott erst in diesen Tagen dorthin. Jetzt, da ich nicht mehr dort bin.

75

– Ich habe eine Hitliste gemacht, wen ich am liebsten mag, sagt Juha am Mittagstisch.

– Also, dann lass mal hören!, sagt Bengt.

– Nimm dir jetzt erst mal von den Fischstäbchen!, sagt Ritva.

– Ich will Ketchup zu den Fischstäbchen!, sagt Marianne. Ritva reicht ihr den Ketchup. Marianne ertränkt mit dem Ketchup die Fischstäbchen. Bengt seufzt und wendet den Blick ab.

– Am liebsten mag ich mich selbst, erklärt Juha, dann kommt Mama, dann kommt Marianne, und zuletzt kommt Papa.

– So, so, das ist ja lustig, und so nett gesagt, meint Bengt.

– Danke, sagt Juha und schüttet sich ebenfalls Ketchup über die Fischstäbchen.

Bengt schließt vor Ekel die Augen.

– Ich mag Mama am liebsten!, sagt Marianne.

– Ach, meine Kleine, wie süß du bist!, ruft Ritva und küsst sie auf ihre Stirn.

– Und dann mich selbst und dann Juha ... und als letzten Papa.

– Wie ich es liebe, mit dieser Familie zu Mittag zu essen, brummt Bengt.

– Also bitte, jetzt wollen wir aber mal nicht neidisch sein, sagt Ritva. Hier hast du Ketchup zu den Fischstäbchen. Sei still und iss!

76

Freitagabend vor dem Fernseher. Bengt und Ritva trinken Wodka mit Coca-Cola. Sie sind gut gelaunt. Juha darf Popcorn machen, Marianne sitzt auf Papas Schoß. Ritva wuschelt Juha durchs Haar und flüstert ihm zu, dass er sich in die Küche schleichen und ein Remi aus der Speisekammer holen darf.

Einige Stunden vergehen. Der Wodka ist ausgetrunken. Bengt döst im Sessel, eingeklemmt zwischen ihm und der Armlehne schläft Marianne. Ritva ist wieder mürrisch. Sie schimpft auf jemanden, aber keiner weiß, auf wen. Juha konzentriert sich auf »Columbo«.

Plötzlich und ohne Vorwarnung beginnt Ritva zu weinen. Sie weint laut und hemmungslos, fast schon zornig. Juha hält sich die Ohren zu. Er will seine Mama nicht weinen hören. Er hasst es, wenn sie betrunken ist.

Er kann sie nicht trösten, denn es ist nicht wahr, dass Kinder das ganze Glück einer Mutter sind. Bengt wacht auf und trägt die schlafende Marianne hoch in ihr Bett. Als er zurückkommt, schaltet er mitten im »Columbo« den Fernseher aus und sagt, es sei vielleicht am besten, wenn alle nach oben gingen und sich schlafen legten. Dann scheucht er Juha vor sich die Treppe hinauf. Ritva bleibt noch einige Zeit alleine vor dem abgeschalteten Fernseher sitzen und weint.

Es gibt keinen besonderen Grund.

77

Samstagnachmittag vor dem Fernseher. Björn Borg spielt Tennis. Juha kniet hinter dem Sessel und betet zu Gott, dass Björn Borg gewinnt. Vor jedem neuen Satz wiederholt Juha das Ritual. Würde er es nicht tun, würde Björn Borg verlieren.

Juha betet innig, denn es ist wichtig, dass Björn Borg gewinnt.

– So ist gut!, ruft Bengt jedes Mal, wenn Björn Borg einen Punkt macht, als würde er irgendetwas von Tennis verstehen.

Sowohl Juha als auch Marianne stehen auf der Warteliste für den Tennis-Anfängerkurs des Sävbyholm Sportvereins.

Dort werden sie lange stehen, alle stehen dort, und es werden nur jeweils zehn Neue zugelassen.

Das größte Idol der Familie ist allerdings nicht Björn Borg, sondern Ingemar Stenmark.

Samstagnachmittag vor dem Fernseher. Ingemar Stenmark nimmt am Ski-Weltcup teil. Riesenslalom, erster und zweiter Lauf. Juha hat die gleiche Mütze wie Ingemar Stenmark. Die Hälfte aller Jungen in der Klasse hat so eine Mütze.

Alle schauen zu, wenn Ingemar Stenmark auf die Skier steigt, sogar Ritva, die ein Mantra aus finnischen Beschwörungen murmelt, während Stenmark auf der Piste ist.

Wenn Gustav Thöni oder Piero Gros – Stenmarks stärkste Konkurrenten – fahren, leiert sie: Kaadu, saatana!

Das ist Finnisch und bedeutet: Fall hin, du Teufel!

So sitzt jede Familie versammelt vor dem Fernseher. Jede Familie für sich in ihrem Haus.

Kein Mensch ist auf den Straßen, kein Auto. In jedem Haus in Sävbyholm läuft der Fernseher, und in seinem blassen

Lichtschein sitzen eine Mama und ein Papa zusammen mit ihren Kindern. Der Zug, der durch Sävbyholm rauscht, ist fast leer, und am Kiosk im Bahnhof kauft zurzeit niemand ein.

Vor hundert Jahren gab es hier nichts anderes als Äcker und einige Bauernhöfe. Jetzt gibt es ein Netz aus Wegen, ein Gitter aus Grundstücken und auf den Grundstücken Häuser mit Fernsehantennen, die ins Weltall zeigen, und hoch oben im Universum schweben Satelliten, die den Riesenslalom des Weltcups übertragen, und in Italien startet Ingemar Stenmark aus Tärnaby in Schweden und ist der Stolz aller schwedischen Einwohner.

78

Man pflegt seine kleine Welt in Sävbyholm.

Säbyholm ist das Paradies auf Erden. Dorthin sind die Eltern gezogen, um ihren Kindern ein geborgenes und sorgenfreies Heranwachsen zu ermöglichen. In Sävbyholm sind die Gärten voll und satt, die Äste der Obstbäume hängen tief über die Gartenzäune und verbergen die Sävbyholmer vor der Welt. Um das Fallobst auf dem Rasen kümmert sich niemand. An den Häuserwänden wachsen Flieder und Rhododendron.

Rund um Sävbyholm herum gibt es eine Reihe gefährlicher Hochhausblocks, wo sich Jugendbanden auf der Straße herumtreiben. Sie entführen Kinder, schneiden sie mit Messern auf und streuen ihnen Salz in die Wunden, so dass es brennt wie Feuer. Solche Geschichten erzählten sich die Kinder auf dem Schulhof in Sävbyholm.

Aber so etwas würde hier nie passieren, überall sonst, aber nicht hier.

In Sävbyholm kümmert man sich umeinander.

In Sävbyholm gibt es kein Leid. Hier glaubt man nicht an den Tod.

Im Supermarkt bricht eine ältere Frau zusammen. Sie reißt im Fall einen Turm Tomatenkonserven mit sich.

Ganze und gewürfelte.

Eldorado. Sonderangebot.

Sie hat einen Infarkt, und sie bekommt keine Luft. Ihr Körper zuckt unter Krämpfen zusammen, und sie schreit schockiert.

Es gurgelt in ihrem Hals. Ein Rinnsal aus Schleim und Blut fließt ihr aus den Mundwinkeln.

Familie Lindström kauft gerade dort ein. Bengt schiebt Marianne im Kinderwagen. Ritva schiebt den Einkaufswagen. Juha geht nebenher.

Die glückliche kleine Familie nähert sich der Kranken. Noch fallen keine Schatten auf sie. Der Einkaufswagen hat keine Dellen und ist auch nicht mit Blut beschmiert.

– Was ist denn da los?, fragt Juha, als er die Frau sieht.

– Was hat die Tante?, fragt Marianne.

– Der Tante ist nicht gut, aber sie ist sicherlich gleich wieder in Ordnung!, erklärt Bengt.

Ritva versucht, den Einkaufwagen an der Sterbenden vorbeizumanövrieren.

– Entschuldigung!, sagt Ritva so freundlich wie möglich. Entschuldigung, ich versuche vorbeizukommen, aber Ihr Arm ist im Weg.

Als die Frau sich nicht bewegt, murmelt Ritva, dass das ja wohl eine Unverschämtheit sei, schiebt mit dem linken Fuß den Arm der Frau beiseite und geht vorbei.

Dann ruft sie erleichtert aus:

– Also, wer will alles Zitronenpudding zum Nachtisch?

Es ist dafür noch nicht zu spät, es ist nichts passiert, und der Einkaufswagen hat keine Dellen und ist auch nicht mit Blut beschmiert, und die Familie Lindström ist glücklich wie immer.

Es war ein guter Tag. Ein Zitronenpudding-Tag.

79

In der Schule lernen sie, dass es Entwicklungsländer und Industrieländer gibt, aber wenn man gelegentlich etwas Geld in die Papiertütchen der Lutherhilfe tut, müssen die Entwicklungsländer nicht mehr lange Entwicklungsländer bleiben.

»Entwicklungsland« bedeutet schließlich, dass das Land sich gerade entwickelt. Alle glauben daran. Alles Kinder, alle Mütter, alle Väter.

Doch als Juha neun Jahre alt war, kam die Ölkrise. Sie verursachte einen Riss in der Mauer um Sävbyholm, und durch diesen Riss sickerte die Welt hinein, und sie war dunkel und böse und ganz anders, als Mama und Papa gesagt hatten.

Die Ölkrise war ein Absturz. Doch alles ging weiter – benommen. Alle sollten etwas beitragen: zu Hause die Heizung kleiner stellen und darauf achten, das Licht auszumachen.

Derart blöder Kleinkram.

Nicht unter fließendem Wasser abwaschen, einen warmen Pullover anziehen und das Thermostat runterdrehen, duschen statt baden.

Man sollte duschen, um der globalen Krise zu begegnen.

All das Übel, das zu ihnen hineindrang, konnte vertrieben werden, wenn nur alle versprachen, brav das Licht auszumachen.

Alles würde wieder gut werden. Es war nicht zu spät, es war nichts passiert.

Doch wenn die Sävbyholmer schliefen, zog in den Nächten ein Geister-Einkaufswagen, wahnsinnig und zerbeult, durch die dunklen Räume und hinterließ eine Blutspur.

Drängte sich in ihre Träume wie ein Schrei.

80

Siehst du, wie das Laub verwelkt? Es ist Herbst und zu spät, um über all das nachzudenken, was niemals zustande gekommen ist, all das, was nicht so geworden ist, wie es hätte sein sollen. Durch Sävbyholms verfallene Gärten treibt das Laub, über Sävbyholms frisch asphaltierte Straßen. Welkes Laub vermodert in den Gräben, im Garten wird es zu Haufen zusammengeharkt und verbrannt. Kahl stehen die Bäume, und es tropft aus dem verhangenen Himmel.

Bald kommt der Winter. Der Zug fährt durch den Bahnhof in Sävbyholm, ohne anzuhalten, und das Laub wirbelt über die Schienen.

An der »Mobil«-Tankstelle hängen die Jungen genauso auf ihren Fahrrädern herum wie wir früher. Zwölf, dreizehn, vielleicht vierzehn Jahre alt sind sie. Götter, unbesiegbar.

Sie werfen den Kopf nach hinten und machen Hubba-Bubba-Blasen.

Ja, Götter sind sie, ohne Sorgen.

Doch Wind und Regen werden sie vertreiben und sie nach Hause zwingen, wo ihre Mütter das Essen schon auf dem Tisch haben, damit sie groß und stark werden.

So wie wir groß und stark geworden sind, Thomas.

Der Fernseher wartet und die Hausaufgaben, das Schulorchester und das Fußballtraining und all das, von dem sie noch nichts wissen, und Minute reiht sich an Minute, Herbst reiht sich an Herbst, und alles wird eines Tages verbrennen oder vermodern.

Verblassen wird Sävbyholm, verkommen werden seine Gärten. Welkes Laub wird alles mit Vergessen zudecken.

81

Thomas' Mama bereitet das Fest vor. Seit Wochen tut sie nichts anderes. Wo sie herkommt, investiert man einiges, wenn man Gäste erwartet. Man knausert nicht.

Endlich ist es so weit. Auf einer Haushaltsleiter balancierend, hängt sie Girlanden an die Decke. Den halben Vormittag lang haben sie und Thomas Luftballons aufgeblasen. Rote, grüne und blaue.

Fröhlich trällert sie Beethoven.

»Für Elise«.

Sie läuft aufgeregt zwischen Küche und Wohnzimmer hin und her. Wo sie herkommt, muss auf einem Fest alles perfekt sein.

Auf dem Herd kocht das Wasser. Sie schüttet massenweise Würstchen hinein. Hot Dogs. Das Wasser schäumt auf. Die Würstchen wirbeln umher. Thomas' Mama spürt, dass dies ein glücklicher Tag ist.

– Aber Thomas, Schatz!, ermahnt sie Thomas, als er in die Küche kommt. Du hast ja den Anzug noch gar nicht an. Ich habe doch die ganze letzte Nacht daran genäht, um rechtzeitig fertig zu werden!

– Aber Mama, versucht Thomas zu protestieren.

– Kein Aber!, unterbricht die Mutter ihn bestimmt. Marsch! Raus! Augenblicklich!

Thomas seufzt und geht. Er hört, wie die Mutter in der Küche wieder zu singen beginnt.

»Für Elise«.

Sie tropft grüne Lebensmittelfarbe in den Kartoffelbrei und rührt um. Sie lacht wie ein Kind.

Ein gurgelndes Lachen, und er weiß, ihr Verstand ist in diesem berauschten Augenblick der eines Kindes, sie hat die Gedanken eines Kindes.

Er wünschte, sie wäre immer fröhlich.

Geliebte Mama.

Es ist seine Schuld, dass sie so oft traurig ist.

Er geht in sein Zimmer. Auf dem Bett liegt sein Anzug.

Er ist giftgrün.

Thomas ist zum Heulen zumute. Es ist seine Schuld, dass der Anzug so hässlich und giftgrün ist. Und die liebe Mama, sie hat so ein schönes Fest organisiert.

Er schließt die Zimmertür, macht kein Licht. Die Rollos sind heruntergelassen. Im Zimmer ist es still und dunkel. Das Tageslicht sickert durch einen kleinen Spalt im Rollo herein.

Hier könnte er bleiben. In der Dunkelheit unter dem Bett liegen und einfach nur atmen. Die Nase am Lattenrost. Im Geruch von Wollmäusen und Linoleum.

Das wäre zwar traurig, aber das Allerbeste.

Sind da irgendwelche Monster unter dem Bett? Nein, dort ist nur Thomas.

Ein paarmal pro Tag könnte seine Mutter ihm das Essen auf einem Tablett hereinstellen. Er würde ihre Waden und Schuhe sehen, vielleicht ein kleines Stück vom Saum ihres Faltenrockes. Nachdem sie gegangen wäre, würde er hervorkriechen, um zu essen. Aber erst dann.

Vielleicht könnte sie sich ab und zu bücken, eine Hand unter das Bett strecken und seine Wange streicheln, und in der Dunkelheit würde er sie anlächeln.

Das Wichtigste wäre, dass sie nicht miteinander sprechen. Keiner von beiden würde etwas sagen. Thomas würde gerne sein ganzes Leben lang in der Stille unter dem Bett verbringen.

Aber so wird es natürlich nicht sein. Er seufzt und setzt sich auf das Bett neben den Anzug. Für dieses Fest wird er noch während des ganzen restlichen Schuljahres bezahlen, das ist sicher.

Bald werden sie hier sein, alle, die ihn hassen. Sie werden Geschenke mitbringen und ein falsches Lächeln: Bitte, für dich, du Schwein!

Er muss seine Mama beschützen. Kleine, ängstliche Mama. Für sie wird er die ganze Schmach ertragen, sie darf nichts merken.

Für sie ist er bereit, alles zu ertragen.

– Mein Gott, wie süß du aussiehst, Junge!, ruft sie entzückt aus, als er im Anzug in die Küche zurückkommt. Sie klatscht in die Hände und lacht. Lass mal sehen, ob er richtig sitzt.

Sie zieht den Anzug zurecht und streicht ihm die Haare aus der Stirn.

– Ich helf dir gleich mit dem Schlips. Doch, ein Schlips muss sein, trägt man einen Anzug, gehört auch ein Schlips dazu. Du wirst schon sehen, es wird so ein nettes Fest werden! Du wirst der ... wie sagt man? »Talk of the town«. Alles wird gut, Thomas.

Sie lacht und umarmt ihn.

– Alles wird gut.

Thomas nickt und erwidert ihre Umarmung.

– Bestimmt, liebe Mama, flüstert er, jetzt wird alles richtig gut.

In dem Augenblick klingelt es an der Tür. Der erste Gast ist da.

– Mein Gott!, schreit Mama und reißt sich los. Und ich bin doch noch gar nicht richtig angezogen! Mach du die Tür auf, ich beeile mich!

Sie stürzt ins Schlafzimmer. Mit schweren Schritten geht Thomas zur Haustür.

82

Juha und Jenny sind die Ersten. Ein gutes Gefühl.

Als würde man eine Hinrichtung verschieben.

Dann kommen Li und Simon. Auch sie sind nicht so schlimm.

Das erste Mal kommen alle Kinder zu Thomas nach Hause, ganz am Ende von Sävbyholm, hinter dem Sportplatz, dort, wo der Weg endet und der Wald beginnt.

Als Thomas' Mama sich zurechtgemacht hat, stellt sie sich an die Tür und empfängt die Gäste. Sie hat sich festlich angezogen und geschminkt.

Thomas hält sich ein paar Meter hinter ihr. Was er auch dagegen tut, wieder klebt dieses Grinsen in seinem Gesicht. Wie das hilflose Grinsen eines Totenkopfes. Heute ist der Tag seines Untergangs.

Juha, Jenny, Li und Simon stehen ein paar Meter entfernt. Ihre Hemden und Blusen sind sauber und gebügelt. Simon hat sogar die Haare mit Wasser gekämmt. Keiner weiß, was er sagen soll.

Es klingelt an der Tür. Thomas' Mutter öffnet.

»Willkommen! Willkommen«, ruft sie. Du musst ... Eva-Lena sein, richtig?

Sie gibt den Mädchen die Hand. Pia und Eva-Lena machen einen Knicks und überreichen ihr Geschenk.

– Das ist für Thomas, sagen sie und schauen Thomas' Mama in die Augen.

– Danke, er wird sich sehr freuen, antwortet Thomas' Mama und nimmt die Geschenke entgegen.

– Thomas!, ruft sie und dreht sich zu ihm um, ohne zu

bemerken, dass die Mädchen ihr die Zunge herausstrecken. Hättest du das gedacht, so schöne Geschenke haben die netten Mädchen für dich mitgebracht! Komm, bedank dich bei Pia und Eva-Lena!

Wieder klingelt es an der Tür. Thomas' Mama strahlt wie ein Honigkuchenpferd.

– Und das hier ist doch sicher ... Lennart! Herein! Herein!

Lennart gibt ihr die Hand und verbeugt sich tief.

– Guten Tag, Frau Karsk!

– So ein höflicher junger Mann! Thomas, so solltest du dich benehmen, lacht Thomas' Mama und knufft Lennart schelmisch in die Seite. Du solltest ruhig mal öfter kommen und meinem Thomas ein wenig gute Manieren beibringen.

– Ja, Frau Karsk!, antwortet Lennart.

Als er an Thomas vorbeigeht, flüstert er:

– Das hier gibt ... richtig ... Schläge!

Thomas keucht und grinst noch mehr. Er kann nicht anders.

Lennart schließt sich Pia und Eva-Lena an.

Lennart und Pia machen hinter dem Rücken von Thomas' Mutter den Hitlergruß.

Thomas sieht es.

Thomas' Mama sieht es nicht. Sie sieht gar nichts.

Es klingelt an der Tür.

– Oh, und es klingelt und klingelt!, ruft sie. Ja, jetzt wird es lustig!

Sie öffnet Erik die Tür.

– Und hier haben wir bestimmt Erik. Herzlich willkommen!

Irgendwie hat sie alle Namen gelernt. Keiner von ihnen ist

ja vorher dort gewesen. Sie hat nachts über dem Klassenfoto gesessen und hat alle Namen auswendig gelernt, Name für Name, Gesicht für Gesicht, Kind für Kind.

Wo sie herkommt, muss bei einem Fest alles perfekt sein. Es ist übrigens ein sonderbares Fest.

Kein Kind lacht, plappert oder spielt, wie sie es sonst tun.

Als alle da sind, klatscht Thomas' Mama in die Hände.

– Alle mal herhören. Jetzt gehen wir zu Tisch, ja, und essen, trinken und sind fröhlich, nicht wahr!

Ohne ein Wort setzen sich die Kinder hin.

– Und jeder setzt sein eigenes lustiges Hütchen auf.

Schweigend setzen die Kinder die Papphütchen auf. Thomas' Mama lacht verzückt, sie sieht nichts, versteht nichts. Ihr Lachen ist das eines Kindes, ihr Verstand ist der eines Kindes und auch ihre Gedanken.

Wenn Blicke töten könnten, wäre Thomas schon mehr als einmal gestorben, und könnte man im Boden versinken, er hätte es schon längst getan.

– Wie witzig ihr alle ausseht, ruft seine Mutter, ich hole die Kamera und mache ein Bild von allen zusammen. Jeder hat neben dem Teller auch eine, wie nennt man das?

Sie greift nach einer Papiertröte.

– So etwas, wo man hineinbläst.

Sie bläst hinein. Das Papier füllt sich mit Luft, rollt sich aus, wird steif und macht piiiep. Sie lacht.

– Jetzt alle zusammen!

Die Kinder blasen in ihre Tröten.

Ein freudloses Piiiep.

Thomas macht nicht mit. Er starrt auf seine Schuhe.

– Ach, wie lustig!, ruft seine Mama. Ich habe wohl in meinem ganzen Leben noch nicht so viel Spaß gehabt! Jetzt könnt ihr euch ja unterhalten, während ich das Essen hole.

Jeder esse, was er kann, nur nicht seinen Nebenmann! Jenny kannst du mir helfen? Zusammen mit Jenny verschwindet sie in der Küche.

Augenblicklich wird es still. Sie sehen sich an, suchen in den Augen des anderen Bestätigung dafür, wie sehr sie Thomas und seine schreckliche Mutter hassen.

Juha bläst in die Papiertröte, ein Versuch, die Stimmung zu heben, aber er hört sofort auf, als Lennart ihm einen bösen Blick zukommen lässt.

Thomas' Mama und Jenny kommen mit Würstchen, einer großen, knallgrünen Saftbowle und grün gefärbtem Kartoffelbrei zurück.

– Alles ist grün!, ruft Thomas' Mutter begeistert.

– Sind das Thomas' Popel?, flüstert Erik leise, aber laut genug, dass es alle hören können.

– Äh, na gut!, fährt Thomas' Mutter unsicher fort und unterdrückt den Impuls, diesem ungezogenen Jungen eine Ohrfeige zu geben. Und jetzt singen wir alle für Thomas, ja? »Hoch soll er leben, hoch soll er leben ...«

Sie singt mit lauter Stimme.

Jenny und Juha singen – und die, die sich nicht trauen, es zu lassen.

Lennart, Pia, Eva-Lena, Simon und einige andere weigern sich.

Erik singt zunächst mit, verstummt aber, als er merkt, dass die meisten Kinder schweigen.

Thomas vergräbt sein Gesicht in den Händen.

Als das Lied zu Ende ist, sieht Thomas' Mama verwirrt und verunsichert aus, doch sie denkt, dass sie sich zusammennehmen muss.

Ein Fest geben. Versuchen, fröhlich zu sein.

Denn das muss man ja.

– Ja, jetzt essen wir, greift zu!, sagt sie und versucht keck zu klingen.

Niemand bedient sich.

Eva-Lena flüstert Pia etwas ins Ohr.

Das Geflüster breitet sich aus zum nächsten Kind und zum nächsten. Bösartig starren sie sie an.

Das Geflüster schwillt an zu einem bedrohlichen Murmeln. Wie dumpf grollender Donner. Thomas' Mama erschaudert.

So sind Kinder wohl, wenn sie Spaß haben, denkt sie, und dann denkt sie, dass Kinder wie Hunde sind.

– Soll ich euch vielleicht servieren? Wie viele Würstchen möchtest du, Juha?, fragt sie – ein wenig zu laut und ein wenig zu schrill.

Hunden darf man nie zeigen, dass man Angst hat.

Denn dann beißen sie zu.

83

Nach Essen und Torte soll getanzt werden. Tisch und Stühle werden beiseite geräumt.

Thomas' Mama schließt einen tragbaren Plattenspieler an und legt eine Hitparaden-LP auf, die sie extra für das Fest gekauft hat.

Sie klatscht in die Hände.

– Hört zu, Kinder! Jetzt tanzen wir. Auf der Schallplatte ist sogar richtige Popmusik. Ich wusste nicht, was gerade in ist, also haben sie mir im Geschäft eine Platte empfohlen, wo von allen etwas drauf ist, was populär ist!

Sie schaltet den Plattenspieler ein, stellt sich dann mit überkreuzten Armen an die Wand und überwacht die Tanzfläche. Sie lächelt und wiegt den Körper im Takt.

Niemand tanzt. Wieder wird sie unsicher.

– Was ist los?, fragt sie und versucht forsch zu klingen. Seid ihr so schüchtern? Ist es das falsche Lied?

Sie bewegt den Tonarm zum nächsten Lied. Trotzdem tanzt niemand.

– Aber was ist denn los?, flüstert sie. Warum ist euch denn nichts gut genug?

Da beginnt Jenny zu tanzen, um Thomas' Mama eine Freude zu machen. Sie tanzt einsam im Wohnzimmer herum, versucht Juha mitzuziehen, der sich geniert drückt.

– Was ist denn los? Warum tanzt ihr nicht?, ruft Thomas' Mama.

Da wenden die Kinder ihr den Rücken zu.

Einsam sitzt Thomas in einer Ecke. Keiner spricht mit ihm.

Das Lächeln der Mutter erstarrt in einer Grimasse.

Was hat das Fest gekostet? Essen, Limonade, Schallplatte, Luftschlangen, Luftballons, Papierhüte, Einladungskarten, Wochen der Planung und Erwartung.

Sie schaltet den Plattenspieler ab. Es gibt einen Kratzer auf der Schallplatte. Sie möchte am liebsten nur heulen.

Die Kinder verstummen, als die Musik plötzlich abgeschaltet wird. Sie starren sie an. Es sind Monster. Sie ist grenzenlos müde.

– Danke, stammelt sie, dass ihr alle gekommen seid, um Thomas zu feiern. Zur Filmvorführung kann bleiben, wer Lust hat, und wer will, darf gehen.

Während sie Leinwand und Projektor aufbaut, verlassen alle Kinder das Zimmer und gehen.

Niemand bedankt sich für das Fest. Niemand sagt tschüs. Sie gehen einfach. Alle außer Juha und Jenny. Die Mutter schaut müde vom Projektor auf.

– Es ist nett, dass ihr bleiben wollt, Juha und Jenny, aber ihr könnt ruhig gehen, danke, dass ihr so nett wart.

Sie sinkt neben dem Projektor mitten im Zimmer zusammen. Ihr strammer Knoten hat sich gelöst, das Haar fällt ihr ins Gesicht. Die Schminke ist verlaufen. Die Massen von Luftballons und Papptellern um sie herum sind eklig und unordentlich.

Wie wenig sie versteht in diesem Augenblick.

Thomas tritt zu ihr. Das Letzte, was Juha und Jenny sehen, bevor sie vorsichtig die Tür hinter sich schließen, ist Thomas, der seine Mutter im Arm hält und sie tröstet wie ein Kind.

– Du musst nicht weinen, Mama, flüstert er, du musst nicht weinen.

Er selbst weint nicht, aber er zittert.

84

Auf meiner ständigen Jagd nach neuen Gags grase ich Stück für Stück mein Leben ab, drehe und wende jede kleine Erinnerung, um zu sehen, ob daran vielleicht etwas zu lachen ist, etwas, das man der Lächerlichkeit preisgeben kann.

Die Schule, der Militärdienst, Omas Beerdigung. Wurde ich in der Schule geärgert, habe ich als Kind ins Bett gemacht? Über alles kann man Witze machen, alles sieht in einem Zerrspiegel ganz anders aus.

Nichts ist zu schade oder zu privat. Kannst du das begreifen? Ich bin bereit, alles zu opfern für ein paar gelungene Gags! Ach was, wie solltest du so etwas begreifen können. Es gibt nichts, gar nichts, über das ich nicht einen Witz machen würde.

Und das alles nur, um geliebt zu werden. Das klingt vielleicht erbärmlich, aber es ist wahr. Lustigsein ist das Einzige, was ich kann, das ist die Ware, die ich im Austausch für Liebe zu bieten habe. Pathetisch, nicht wahr? Warum antwortest du nicht, warum antwortest du nicht?

Du glaubst, das hier sei einfach? Du glaubst, es sei einfach, Komiker zu sein? Herzlichen Glückwunsch, Erbsenhirn! Du ahnst nicht, wie konzentriert man sein muss, wie gut man vorbereitet sein muss. Klar, es soll so aussehen, als würde ich mich nur hinstellen und losplappern. Du glaubst ja nicht, wie viele Stunden der Vorbereitung und Übung es für zwanzig Minuten Komik bedarf. Scheiße, du begreifst gar nichts!

Das war immer dein Fehler: Du hattest nichts zu bieten. Du warst nicht einmal lustig!

85

Es ist ein strahlend schöner Montag Anfang Mai. Die Birken haben ausgeschlagen. Sävbyholm ist explodiert in einem frischen heftigen Feuerwerk aus grünem Laub. Alles ist wieder geboren. Ritva hat eine Pollenallergie.

Letztes Wochenende haben Bengt und Juha Stiefmütterchen gepflanzt. Gelbe, violette und blutrote. Juha durfte die Farben aussuchen. Auf den Nachbargrundstücken wird Löwenzahn gejätet und Laub verbrannt.

An einem schönen Frühlingstag sollte es kein Unglück geben. Alle Kinder sollten Völkerball und Fußball spielen, sie sollten seilspringen, und alle sollten mitmachen dürfen und keiner sollte besser sein als der andere.

Klasse 6E sitzt an den Pulten und wartet auf die Klassenlehrerin. Juha hat eine prima Idee, die viele zum Lachen bringen könnte. Er steckt sich seine Stifte und Radiergummis in die Nase und Ohren, um seine Kameraden zu beeindrucken. Eigentlich ist der Gag ein bisschen zu billig für Juhas Geschmack, es ist eher eine Albernheit, die von Grinse-Erik kommen könnte, aber voi vittu, wie Ritva immer sagt, was tut man nicht alles?

Ein Stift in jedem Nasenloch und die Radiergummis in den Ohren. Er dreht sich im Klassenraum um, damit alle sehen können. Er kommt sich tatsächlich ein bisschen dumm vor mit den Stiften in der Nase, aber wie gesagt, was tut man nicht alles! Unzufrieden bemerkt er, dass er ein Grinsen nicht unterdrücken kann, erst erwartungsvoll, dann flehend. Er fühlt sich wirklich wie Erik. Das ist nicht gut. Er hätte dieses Unterfangen aufgeben sollen, aber die Einsicht kommt zu spät.

Und tatsächlich lacht niemand.

Im Gegenteil. Pia und Lennart stöhnen. Da weiß Juha, dass es nicht geklappt hat. Hätten Pia und Lennart sich entschieden zu lachen, hätte die ganze Klasse mitgelacht.

So eine Macht haben sie. Aber wenn keiner von beiden seinen Spaß anerkennt, ist sein Absturz nicht mehr aufzuhalten.

– Guckt mal her!, ruft Juha, wie um seine Niederlage voranzutreiben.

– Glaubst du, dass du lustig bist, oder was soll das?, zischt Eva-Lena.

– Mein Gott, bist du kindisch!, seufzt Li.

– Und eklig!, fügt Pia hinzu.

Juha sucht Jennys Blick. Sie unterstützt ihn für gewöhnlich, egal, was er tut. Aber Jenny wird rot und senkt den Blick.

Die Stifte kitzeln in Juhas Nasenlöchern. Sie scheuern am Nasenbein. Gleich muss er niesen. Er überlegt, wie viel Rotze wohl an den Stiften festklebt. Hoffentlich sind sie nicht völlig verschmiert. Sonst bekommt er erst recht eine verdammte Abreibung. Voll gerotzte Stifte, das ist ja noch schlimmer als Grinse-Erik mit seinem Kondom über dem Kopf.

Die Erniedrigung brennt in Juha. Er hasst sie alle. Er sitzt da mit den Stiften in der Nase und den Radiergummis in den Ohren wie ein Idiot und hasst sie alle miteinander.

Da durchschneidet plötzlich ein lautes Lachen den Hohn und die Sticheleien der anderen. Alle drehen sich um, um zu sehen, wer da lacht.

Es ist Thomas.

Thomas sitzt auf seinem Platz alleine ganz hinten im Klassenraum und gibt ein schrilles, pferdartiges Wiehern von sich.

Er weiß, dass er sich lächerlich macht, und will damit aufhören, aber was er auch anstellt, es gelingt nicht.

Er presst sich die Hände vor den Mund, um das Lachen

zurückzuhalten, aber trotzdem quillt es wie Erbrochenes aus seinem Inneren hervor.

Keines der Kinder hat jemals etwas Derartiges gehört.

Nicht ein Gramm Glück oder Freude steckt in diesem Lachen. Es ist, als sei Thomas ihm ausgeliefert, hilflos, wie vom Teufel besessen. Er lacht, und sein Lachen klingt wie der Schrei eines gequälten Tieres.

– In dieser Klasse ist Thomas der Einzige, der Finnen mag, schnaubt Lennart.

– Juha und Thomas sind wirklich total eklig!, schreit Stefan.

Aber sowohl Lennart als auch Stefan haben Angst bekommen.

– Was ist denn hier für eine Unruhe?, schimpft die Lehrerin, als sie den Klassenraum betritt. Also sobald man euch den Rücken zukehrt, geht das los mit ... ja, ich weiß nicht was, man kann euch überhaupt nicht vertrauen!

Juha beeilt sich, die Stifte und Radiergummis aus der Nase und den Ohren zu entfernen. Thomas muss immer noch kichern.

– Wenn es etwas zu lachen gibt, Thomas, dann sag es laut, damit die ganze Klasse es hören kann, bringt die Lehrerin routiniert hervor, aber dieses Mal gelingt es ihr nicht, Thomas zu erniedrigen.

Begierig zu petzen, meldet sich Eva-Lena.

– Ja, Eva-Lena?

– Juha ist schuld, er hat sich Stifte in die Nase gesteckt.

– Aha, antwortet die Lehrerin und starrt finster auf Juha hinab, das ist ja selbst für ihn ungewöhnlich ekelhaft.

86

In der großen Pause verdrückt sich Juha über den Schulhof zum Jungenklo, das im selben Gebäude liegt wie die Turnhalle. Er will fort von den anderen.

Thomas folgt ihm.

– Warte!, ruft Thomas atemlos. Warte. Ich hab nicht mit Absicht gelacht!

Juha ignoriert ihn. Er geht ins Klo und knallt die Tür hinter sich zu. Die Wände und die tiefen Fenster sind gekachelt. Es riecht nach Urin.

Generationen von Jungen haben hier heimlich ihre erste Zigarette geraucht, sich auf die Hand gepinkelt, unanständige Dinge an die Wand geschmiert, sich zum Schwänzen versteckt, oder um in Frieden gelassen zu werden.

Juha klettert auf eine Fensterbank, um zu schmollen.

Thomas kommt herein. Juha tut so, als würde er den anderen Jungen überhaupt nicht bemerken.

Thomas weiß nicht, was er sagen soll. Er weiß, was er gerne sagen *würde*. Er würde gerne sagen, dass er weiß, dass sie zusammengehören, er und Juha, aber das *kann* er nicht sagen.

– Was willst du werden, wenn du groß bist?, versucht er stattdessen.

Juha antwortet nicht. Thomas fährt fort:

– Ich werde Erfinder!

– Anna mun kaikki kestää!, seufzt Juha genauso, wie Ritva es sonst tut, und wirft Thomas einen skeptischen Blick zu. Hast du denn schon mal was erfunden?

– Nur das hier.

Thomas holt ein merkwürdiges kleines Metallteil hervor.

Juha untersucht es genau und nickt dann ernst.

– Das ist ja ganz nett, aber was macht man damit?

– Gar nichts. Aber es macht »klick«, wenn man an dem Rädchen dreht.

– Apparate, die »klick« machen, sind immer gut, sagt Juha jetzt etwas netter, gibt Thomas seine Erfindung zurück und hat schon wieder ein wenig bessere Laune.

Thomas ist eigentlich doch ganz nett.

– Wie hast du es erfunden?

– Eigentlich habe ich es eher gefunden als erfunden, gibt Thomas zu und wird rot, auf der Straße.

– Echt?

– Aber auf jeden Fall macht es »klick«. Hier, schenk ich dir!

Er reicht es Juha. Juha springt von der Fensterbank und legt Thomas die Hand auf die Schulter.

– Danke, aber ich kann das nicht annehmen, sagt er.

Er geht zur Tür.

– Bis später.

Er nickt Thomas zu. Thomas nickt ebenfalls und bleibt im Jungenklo zurück.

Unten, bei der Fahnenstange, spielen Erik, Roy, Stefan und Lennart Völkerball. Juha geht auf sie zu.

– Kann ich mitmachen?

– Wo hast du denn Thomas gelassen?, stichelt Stefan.

– Wie soll ich das denn wissen, sagt Juha so lässig, wie er kann, er ist ja wohl nicht mein Scheißfreund!

Doch genau in diesem Augenblick kommt Thomas aus dem Klo und rennt wie ein Idiot auf Juha zu. Juha dreht sich wütend um und schreit ihn an:

– Hau ab, du ekeliger Spasti, ich hasse dich!

Als Thomas nicht sofort geht, hebt Juha eine Hand voll Kies und wirft nach ihm.

– Fahr zur Hölle, hab ich gesagt! Bist du taub?

Thomas duckt sich erschreckt vor dem hagelnden Kies. Die Steine treffen ihn ins Gesicht. Er schreit laut auf und versucht sich zu schützen, sinkt auf dem Asphalt zusammen. Jenny versucht, dazwischenzugehen. Sie schreit Juhas Namen. Sie schreit, dass er aufhören soll.

Aber Juha bewirft auch sie. Er schreit:

– Blöde Fotze, blöde Fotze, hau ab! Ihr macht nur alles kaputt!

– So ein feiges Arschloch, wirft mit Steinen!, ruft Lennart.

Verzweifelt hebt Juha noch mehr Steine auf und bewirft Lennart. Er bewirft sie alle. Jenny bekommt einen Stein ins Auge und bricht zusammen. Lennart blutet an der Stirn.

– Ich hasse euch! Ich hasse euch! Ich hasse euch!, schreit Juha.

Er weiß, dass er verloren ist. Ein Kind, das mit Steinen wirft, ist verloren.

Juha ist ein Seiltänzer. Er hat gekämpft, um die Balance zu halten, aber schließlich, als die Beine müde und die Muskeln schlaff geworden sind, ist er doch abgerutscht, hat die Balance verloren und fällt.

Denn alles fällt.

Früher oder später fällt alles.

Fallerallala, fallen, fallen, allen gefallen, und doch ist niemand jemals zufrieden.

Juha wirft mit Steinen.

Er wirft und wirft und wirft.

– Seht ihr mich jetzt?, ruft er. Seht ihr mich jetzt?

Stärker schlagen die Flügel des Engels. Er jagt Juha durch den Wald nach Hause. Er holt ihn fast ein. Sein Zuhause entfernt sich weiter und weiter. Es ist Winter, und es ist dunkel. Das Licht der Straßenlaternen ist wie ein einsames Leuchtfeuer in der Nacht. Eine Straßenlaterne nach der anderen verlischt.

In seinem Zuhause ist Licht, aber das Haus entfernt sich weiter und weiter, wie schnell er auch läuft.

Der Engel verfolgt ihn, Juha hört seine Flügel schlagen, sieht seine Klauen und Reißzähne, spürt den heißen Atem des Dämons im Nacken.

Er bleibt stehen, dreht sich um, hebt Schnee auf und wirft, wirft, wirft.

Und er schreit genau wie an diesem schmerzhaft schönen Tag im Mai, als er alle, die sich nähern, mit Steinen bewirft, bis sie alle wie blutige Leichen auf dem Schulhof liegen und tot, tot, tot sind.

Während er wirft, singt er wie der Hanswurst, den sie aus ihm gemacht haben:

– Tot, tot, alles tot, einfach alles totmachen, und seh ich dann erst überall Rot, dann kann ich endlich herzlich lachen!

Der Himmel ist blau, und die Vögel singen. Es ist Mai, und es ist warm, und hoch über ihnen glänzt ein Flugzeug im Sonnenschein, und in dem Flugzeug sitzen glückliche Menschen, die fortfliegen.

87

Der Lehrer vom Werkunterricht zieht Juha am Ohr empor und schleppt ihn ins Lehrerzimmer. Juha verliert einen seiner Clocks, aber das kümmert den Lehrer nicht. Sein Griff ist hart und bestimmt.

Unten am Völkerballfeld kümmert sich die Sportlehrerin um die Verletzten. Lennart blutet aus einer Wunde an der Stirn. Er wirft sich hin und her und stöhnt. Glotzende Kinder stehen im Kreis um ihn herum.

Thomas ist weggerannt.

Jenny liegt still auf der Erde. Sie hält sich die Hand vor das Auge. Als die Sportlehrerin sie bittet, die Hand fortzunehmen, gehorcht sie nicht. Jenny wagt nicht, sie fortzunehmen. Sie hat Angst, dass ihr Auge herausfallen könnte.

Der Lehrer vom Werkunterricht setzt Juha auf einen Stuhl mitten im Lehrerzimmer. Juhas Klassenlehrerin bebt vor Zorn, als sie vor ihm auf und ab geht.

Sie schreit, dass er keine Ahnung hat, wie sehr sie sich schämen würde.

Juha denkt, dass sie einer Hexe gleicht.

– Und das eine sag ich dir, wenn die arme Jenny jetzt das Auge verliert, dann ist das deine Schuld!

Damit wirst du dein ganzes Leben lang leben müssen.

Der Lehrer vom Werkunterricht zerrt ihm an den Haaren.

– Hörst du, was deine Klassenlehrerin sagt?

Juha hört nicht, was seine Klassenlehrerin sagt, denn er ist einfach ein Loch. Seine Lehrerin wirft den Kopf in den Nacken und zieht ihre Strickjacke enger um sich.

– So sind sie!, schluchzt sie. Völlig gefühlskalt! Ich weiß

nicht, was ich machen soll, ich kann einfach nicht in jeder Pause rauslaufen und wie ein Habicht auf sie aufpassen, ich schaff's einfach nicht!

– Siehst du nun, was du angerichtet hast?, spuckt der Lehrer vom Werkunterricht aus und zerrt Juha wieder an den Haaren.

Juha kneift die Augen fest zusammen, um nicht in Tränen auszubrechen.

Epilepsie!, denkt er. Reisekrankheit!

Bevor er ohnmächtig wird, denkt er an den Schuh, den er verloren hat, einen von seinen neuen gekauften, handbemalten Clocks mit Dalamuster.

Um die zu bekommen, hat er wochenlang quengeln müssen.

88

Am Abend desselben Tages steigt Juha mit schweren Schritten hinter Jennys Vater die Treppe hinauf zu Jennys Zimmer. Juha ist gekommen, um sein endgültiges Urteil zu empfangen. Jedenfalls fühlt es sich so an.

Für ein paar Stifte in den Nasenlöchern, für einen einzigen Stein.

Bengt hat ihn gezwungen zu gehen.

Juha würde am liebsten Jennys Vater entgegenschreien, dass Jenny selber schuld ist, weil sie sich ja immer einmischen muss und weil sie glaubt, dass er immer Zeit für sie hat, obwohl er doch eine Menge anderer, viel wichtigerer Freunde hat.

Aber Juha schweigt. Jennys Vater würde ihn umbringen, wenn er so etwas sagen würde.

Juha schluckt die Angst hinunter, die wie ein großer Geleeklumpen in seinem Mund wächst. Glotzäugig starren die ausgestopften Tiere auf ihn hinunter. Pssst!, sagen sie. Pssst! Das ist der, der Jenny blind gemacht hat.

Das Haus ist so dunkel wie immer. Arme Jenny, die dort in der Dunkelheit mit den toten Tieren, dem strengen Vater und der kranken Mutter wohnen muss. Kein Wunder, dass sie ein bisschen blöd im Kopf geworden ist.

Der Vater öffnet die Tür zu ihrem Zimmer und lässt Juha zuerst eintreten. Jenny liegt im Bett, die Decke bis zum Kinn hochgezogen, steif wie ein Brett. Mit ihrem gesunden Auge starrt sie Juha genauso an wie die ausgestopften Tiere. Über dem anderen Auge klebt ein großer Verband.

Juha schaudert. Das Urteil fällt. Alles fällt.

– Hallo!, ruft er, so munter wie er kann. Wie geht's?

Jenny antwortet nicht.

– Ein Zentimeter hat gefehlt, und das Auge wäre nicht zu retten gewesen, sagt Jennys Vater.

Jenny schweigt. Sie hält unverwandt den Blick auf Juha, prüft ihn, durchschaut ihn. Sie sieht ihn ganz, und er kann nicht entkommen. Einzig und allein Jenny weiß alles über seine Feigheit und seinen schrecklichen Verrat, ein einziges Wort von ihr, und alles ist vorbei.

Juha steigen die Tränen in die Augen. Gleich muss er heulen. Jenny schweigt.

Jennys Vater legt seine Hand schwer auf Juhas Schulter.

Jetzt bringt er mich um, denkt Juha. Die Hand umklammert seine Schulter. Sie ist groß und stark wie die strafende Hand Gottes.

– Ihr müsst besser aufpassen, wenn ihr Brennball spielt, versprich mir das!, sagt Vater.

– Brennball?, flüstert Juha verwirrt.

– Ja, Jenny hat doch einen Ball ins Auge bekommen.

Jetzt starrt Juha Jenny mit großen Augen verwirrt an. Er setzt sich auf die Bettkante. Ihr Blick ist unverwandt auf ihn gerichtet, sie wartet auf seinen nächsten Zug.

– Äh, ich habe dir »Buster« mitgebracht, murmelt Juha und zieht ein paar Comichefte aus seiner Schultasche.

– Es tut weh, flüstert sie.

Juha nickt. Sie schweigen. Juha merkt, wie müde er ist. Wie gerne würde er sich neben Jenny legen und schlafen.

Als Jennys Vater sie schließlich alleine lässt, gibt Jenny Juha ein Zeichen, dass er den Umschlag holen soll, der auf dem Schreibtisch liegt.

– Das ist für dich, sagt sie, für deine Sammlung.

Aus dem Umschlag fällt ein Haufen ordentlich ausgeschnittener Kinoanzeigen.

89

Dann gab es dich und mich und Jenny. Ihr wart die Einzigen, die mich akzeptierten.

Wie die armen Schwestern von Aschenputtel waren wir die Hässlichen und Scheußlichen. Wie die Schwestern von Aschenputtel haben wir uns Zehen und Fersen zurechtgeschnitten, um unsere Füße in diesen widerlichen kleinen Glasschuh zu pressen. Natürlich vergebens. Der Schuh war nie für uns bestimmt.

Er war für jemanden mit zierlicheren Füßen bestimmt, und sie wussten es.

Sie wollten uns nur schneiden sehen.

Und Sävbyholm war niemals schöner als in jenen Tagen unserer Kindheit, als wir lernten, Angst zu haben.

90

Vor mir liegt das Jahrbuch. Ich blättere oft darin. Blicke diese merkwürdig fernen Kinder an, Gefangene in ihren wachsenden Körpern, einander ausgeliefert. Ich sehe, wer geprügelt wird und wer prügelt.

Und alles war ruhig und üppig – das verdammte Scheißparadies auf Erden.

Die Schule in Sävbyholm war keine Lehranstalt. Sie war ein Schlachthaus.

91

Als Juha am nächsten Tag zur Schule kommt, spricht keiner mit ihm. Kein Wort.

Jenny ist krank.

– Ihr wisst ja alle, weshalb, sagt die Klassenlehrerin.

Als Juha in der Pause zu den anderen Jungen geht, wenden ihm alle gleichzeitig den Rücken zu. Als er sich in der Mittagspause mit seinem Tablett hinsetzt, verlassen die anderen sofort den Tisch.

Ohne ein Wort. Ohne einen Blick. Als würde Juha nicht existieren.

Grinse-Erik kichert. Er müht sich redlich. Er bekommt jetzt den vierten Platz.

Irgendwann in der Zukunft wird Juha lernen, dass es immer Menschen gibt, die die Macht haben, ihn zu verletzen. Menschen mit der Absicht, Schaden anzurichten. Er wird überrascht sein darüber, wie häufig man ihn verletzen kann – wie verwundbar er ist –, auch wenn er behauptet, dass es keine Rolle spielt, dass es von ihm abprallt.

Das sind die Lehrjahre. Wer sich auf das Spiel einlässt, der muss es ertragen.

Auf dem Heimweg warten Lennart und Stefan auf Juha.

Stefan hält Juha fest, während Lennart zuschlägt.

Lennart schlägt Juha.

Er schlägt ihm in die Magengrube.

Das wird ihm eine Lehre sein.

Noch einmal. Und noch einmal.

Juhas Augen tränen, die Nase läuft, er schnappt nach Luft,

versucht zu zaubern, die Zauberkraft ist fort, und Juha kapiert, dass er niemand ist.

Absolut niemand.

Und die Buschwindröschen blühen und die Osterglocken, und der erste Schmetterling ist ein Zitronenfalter, und er verspricht einen warmen und sonnigen Sommer.

92

Das sind seine Freunde: Jenny. Und Thomas.

»Die drei peinlichen Schweinchen« werden sie in der Klasse genannt. Grinse-Erik hat sich das ausgedacht. Er ist der neue Klassenclown. Jetzt finden alle ihn lustig.

Erik sagt: Der eklige Thomas mit seiner deutschen Mama. Die eklige Jenny mit ihrer hässlichen Haarspange. Der eklige Schleimer Juha, der glaubt, er wäre lustig.

Juha kann nicht mehr. Ihm sind die Geschichten und Grimassen vergangen. Es gibt nichts zu erkämpfen, nichts zu gewinnen. Juha ist ein Kind, sonst nichts.

Ein Kind, das sich zum Affen gemacht hat, um geliebt zu werden.

93

Man macht sich lächerlich, aber vielleicht wird man geliebt.
Dann ist es das wert.
Wird man nicht geliebt, steht man da.
Und ist lächerlich.

94

Juha hat eine Todesangst davor zu kotzen.

Wenn man im Schlaf kotzt, kann man ersticken. Deshalb schläft Juha immer in der stabilen Seitenlage.

Im Kofferraum des Autos haben sie ein Erste-Hilfe-Kissen. Es enthält Pflaster und Verbandsmull und schmutzige Watte und alles, was man braucht, wenn alle in einem Autounfall umkommen. In dem Kissen ist auch eine Broschüre, die über Mund-zu-Mund-Beatmung informiert.

Zuerst soll man den Kopf des Verletzten nach hinten strecken, dann Erbrochenes und Schleim aus der Luftröhre entfernen.

Juha würde das niemals schaffen.

Ritva hält ihm die Stirn, wenn er kotzen muss. Ein Glück. Sonst würde er direkt hinterher in die Kotzschüssel fallen.

Einmal, als Ritva nicht zu Hause war, stand er im Bad und rief verzweifelt nach seinem Papa. Papa sollte kommen, um ihn festzuhalten, und Bengt saß in der Küche und tat so, als würde er nichts hören.

– Du musst mir helfen!, rief Juha in tiefem Entsetzen.

– Du schaffst das schon!, rief Bengt genauso entsetzt zurück.

Es ist Mai, und es sind noch ungefähr fünf Wochen bis zu den Sommerferien. Seit mehreren Tagen wird Juha in jeder Pause von Stefan und Lennart verprügelt. Sein Magen schmerzt von all den Schlägen, seine Arme sind übersät mit blauen Flecken.

Wer sich auf das Spiel einlässt, der muss es ertragen.

Jetzt schleicht Juha jeden Morgen zur Toilette.

Um nicht in die Schule zu müssen, steckt er sich einen Finger in den Hals und kotzt.

Er hat dabei eine Todesangst, und der Schweiß steht ihm auf der Stirn, aber er kotzt, bis nur noch Galle kommt, bis Ritva in der Schule anruft, um zu sagen, dass er krank ist.

Juha erzählt zu Hause nichts darüber, was in der Schule passiert, aber er wünscht sich, dass Ritva trotzdem sehen würde, dass etwas nicht stimmt. Beim Mittagessen möchte er, dass sie den Kopf vorbeugt, die Hand auf seine Wange legt und sagt: Voi voi, mein armer Kleiner!

Sie tut es nicht, obwohl Juha weiß, dass sie es könnte. Stattdessen sagt sie: Mein Gott, ich hab so einen anstrengenden Tag hinter mir, ich bin völlig am Ende. Anna mun kaikki kestää!

Vor ein paar Jahren, als er ihr erzählt hatte, dass einige Klassenkameraden gemein zu ihm waren, hatte sie trocken geantwortet: Sag bloß! Dann ist es wohl am besten, wenn wir uns alle vergiften.

Ritva kennt sich mit so etwas nicht richtig aus.

Außerdem ist sie Stellvertreterin im Vorstand des Heim- und Schulvereins, und deshalb wäre es unpassend, wenn ihre eigenen Kinder Schwierigkeiten hätten.

Also kotzt Juha und löst seine Probleme selbst.

95

Eines kann Juha nicht begreifen.

Warum zieht einem der Zahnarzt nicht alle Zähne auf einmal, wenn sie doch sowieso nur Löcher bekommen? Auf diese Weise bekäme man keine Löcher, es müsste nicht gebohrt werden, und man hätte keine Schmerzen.

Mit dem Leben ist es irgendwie genauso. Eigentlich könnte man auch gleich sterben, denn eines Tages passiert es ja doch. Weiterzuleben ist reine Zeitverschwendung.

Am besten, man erledigt es gleich.

Es gibt so vieles zu bedenken.

Zum Beispiel Gottes Allmacht.

Kann Gott einen Stein erschaffen, der so schwer ist, dass er selber ihn nicht aufheben kann?

Oder was ist mit Jesus? Warum musste er sterben, um den Menschen Erlösung zu bringen, wenn die Erlösung doch von Gott kommt? Er hätte einfach alle erlösen können, und die Sache wäre geritzt gewesen. Er ist es doch, der entscheidet.

Juha ist wieder in der Schule. Es ist Pause. Um nicht verprügelt zu werden, hat er sich im Jungenklo eingeschlossen. Das macht er in jeder Pause. Er hat von zu Hause heimlich ein paar Scheiben Knäckebrot mitgenommen, die er in der Mittagspause isst.

Er steht am Waschbecken und starrt sich selbst im Spiegel an, während er auf dem trockenen Knäckebrot herumkaut.

Sein Kiefer mahlt und mahlt. Er spült das Brot mit Leitungswasser runter. Danach pult er sich sorgfältig in den Zähnen und schmatzt.

Jetzt sind immer noch die restlichen vierzig Minuten der Mittagspause übrig.

Juha wünscht sich, dass man die Zeit vorspulen könnte wie ein Lied im Kassettenrekorder.

Man drückt auf einen Knopf, und schon ist eine Stunde vorbei.

Oder ein Jahr.

All das Unangenehme ausradieren.

Juha stellt sich vor, auf einer Bühne zu stehen und Schauspieler zu sein. Das Publikum applaudiert und trampelt mit den Füßen auf den Boden. Juha verteilt Liebe, damit alle einander mögen. Das Publikum wirft Rosen auf die Bühne. Juha lächelt. Er erobert die ganze Welt mit Lächeln.

Übrigens kann man über dreißig Wörter aus dem Wort INSTRUKTION bilden – darunter IN, ROT, NOT, SO, OST, UNS, NUN, SINN, TOR, NUR, STRUNK, ROST, TUN, TON, TRIST, TROST, KUR, KURS, IST, INTRO und STRIKT.

Gäbe es ein E, könnte man STREIT schreiben.

Gäbe es ein A, dann könnte man eine Menge anderer Wörter bilden.

Juha überlegt, ob er ein A dazumogeln soll, denn es ist ja sowieso niemand da, der merkt, dass er schummelt.

Wenn jemand an der Kabine vorbeigeht, hält Juha die Luft an. Manchmal drückt jemand die Türklinke hinunter.

Juha ist dann mucksmäuschenstill. Jemand rüttelt an der Klinke. Juha starrt die Tür an.

Ihr könnt hereinkommen, denkt er, hier drinnen könnt ihr mich nicht kriegen.

96

Ich bin ein UFO, das in einem schwedischen Vorort gelandet ist. Ein Elch, der sich verirrt hat.

Froh und auch verwirrt, hier zu sein. Um es nicht melancholisch auszudrücken. Gibt es hier eine Telefonzelle? Hat jemand etwas Kleingeld? Ich muss nach Hause telefonieren.

Nach Hause.

Mama? Mama?

Mama antwortet nicht. Einsam tutet es im Universum.

Keiner zu Hause. Versuch es in hundert Jahren noch einmal.

Ich bin so erwachsen. Meine Hände werden alt. Ich verstehe nichts. Sollen wir seilspringen? Sollen wir Völkerball spielen? Hallo, wo seid ihr alle? Kommt schon!

Sollen wir seilspringen? Sollen wir Völkerball spielen? Sollen wir uns die ganze Pause lang auf dem Klo einschließen, um nicht von unseren Kameraden verprügelt zu werden?

Jungs, Freunde, Kumpels.

Solche, die prügeln. Wenn man sich nicht einschließt. Bis es wieder klingelt.

Gerettet vom Gong. Jede Pause eine neue Runde. Der Kampf endet nicht nach der fünfzehnten Runde. Nicht einmal bei einem Knock-out.

Der Kampf ist beim Sudden Death vorbei. Aber erst dann.

Wie schön war es doch, ein Kind zu sein! Wie langweilig ist es auf einer Toilette, wenn alle Kacheln gezählt sind und man lange genug die Unterseite des Waschbeckens und den Klopapierhalter angeschaut hat.

Entschuldigung, wie spät ist es? Wann kommt Jesus? Wann kommt das Raumschiff zurück?

Wann kommen die Leute mit der Kraft, zu vergeben?

97

Tausendmal kann die Erde mit Atombomben vernichtet werden. Juha und Jenny und Thomas und alle anderen Kinder wissen, dass eines Tages die Missiles über den Himmel fliegen wie verspätete Zugvögel im Frühling.

Wie der Frühling kommt auch der Krieg. Irgendein Idiot drückt auf den Knopf. So muss es am Ende kommen.

Auf der Karte zeichnet die Klassenlehrerin Kreise um das Detonationszentrum. Wenn eine Atombombe auf Sergels Torg in Stockholm fällt, verbrennt alles innerhalb des ersten Kreises. Innerhalb des nächsten Kreises stürzen aufgrund der Druckwelle alle Gebäude ein. Im darauf folgenden Kreis werden alle Menschen blind durch den Lichtblitz. In dem Kreis, in dem Sävbyholm liegt, stirbt niemand unmittelbar. Alle Fenster gehen kaputt. Einige Menschen bekommen leichte Verbrennungen. Das sind die sichtbaren Erscheinungen. Natürlich abgesehen davon, dass der Strom ausfällt, so dass man sein Haus nicht mehr beheizen kann. Die Kühlschränke werden nicht mehr funktionieren, und das Essen wird schlecht, der Himmel verdunkelt sich, und die Sonnenstrahlen können nicht mehr durch die Wolkendecke dringen. Ewige Dämmerung in einem ewigen Winter.

Einige Wochen später wird man sich übergeben müssen.

Dann verliert man Haare und Fingernägel. Langsam wird der Körper von innen zerfressen. Die meisten werden sterben.

So wird es in Sävbyholm sein.

Die Überlebenden werden sich wünschen, sie wären tot. Ihre Kinder werden entstellt geboren. Sie selbst werden Krebs haben und schließlich doch sterben.

Das ist die Bedrohung, mit der die Kinder aufwachsen. Weit entfernte Lichtblitze und Wolken wie Pilze.

Definitiv und endgültig.

Während alle auf die Bombe warten, stabilisiert sich die neue Ordnung in der Klasse. Jenny überredet Juha, das Jungenklo zu verlassen. Alles beruhigt sich, Sävbyholm fällt wieder in Schlaf. Lennart und Stefan haben Wichtigeres zu tun, als sich an Juha zu rächen. Er interessiert sie nicht mehr. Von einem vierten Platz irgendwo ist natürlich nicht mehr die Rede, auch lohnt sich der Versuch, sich auf dem Schulweg an sie ranzuhängen oder beim Völkerball mitspielen zu dürfen, für ihn nicht mehr.

Die Mädchen lassen ihn beim Seilspringen mitmachen, aber nur, wenn er schlägt.

Also schlägt er. Genau wie Thomas damals.

Am anderen Ende des Springseils steht Jenny. Sie und er machen jetzt alles zusammen. Manchmal ist Thomas dabei. Meistens nicht. Er dreht alleine auf dem Rasen hinter dem Fußballfeld seine Runden.

In seiner Einsamkeit können sie ihn nicht erreichen.

Thomas hält eine Hand voll Kies in jeder Hand. Er orakelt: Wie viele Kinder werde ich bekommen, wenn ich groß bin?

Dann wirft er den Kies in die Luft und dreht die Hände um. Der Kies fällt durch seine Finger. Nicht ein einziges Steinchen bleibt übrig.

98

Es gibt Orte, von denen Juha träumt – Legoland, Kolmården, der Donald-Duck-Park in Borås –, wunderbare Orte, an die er niemals fahren wird.

Am schönsten glänzt der Traum von Disneyworld. Zuweilen ist Juha traurig, dass er nie nach Disneyworld gekommen ist, wie man traurig ist, etwas versäumt zu haben.

Er weiß, dass Disneyworld wirklich Klasse ist, und er weiß, dass er es nie bis dorthin schaffen wird. Disneyworld ist bereits verloren.

Mama und Papa nehmen ihn nicht einmal mit zu Holiday On Ice.

Stundenlang kann Juha herumsitzen und das Bild von Cinderellas Schloss auf der Rückseite des Mickymaus-Heftes anschauen. Es gibt dort ein Preisausschreiben, und der erste Preis ist eine Reise für zwei Personen nach Disneyworld.

Der Rechtsweg ist ausgeschlossen, Steuerzahlungen gehen zulasten des Gewinners, und vor Cinderellas Schloss posieren Goofy, Pluto und Mickymaus mit den glücklichsten Kindern der Welt, und in Juhas Innerem tut sich der Boden auf, und es entsteht ein Abgrund aus Sehnsucht.

Chitty-Chitty-Bang-Bang.

99

Der Mai vergeht, und es wird Juni. Die Kinder sind in der Turnhalle versammelt. Alle sind heute frisch geduscht und sauber. Die Mädchen tragen Kleider, die Jungs kurzärmelige Hemden. Der Schulchor singt »Wir bauen uns ein Boot«, zweistimmig. Das Lied haben sie während des ganzen Halbjahres eingeübt. Der Musiklehrer hat vor Nervosität mehrere Nächte nicht geschlafen und hat dunkle Ringe unter den Augen.

Der Rektor hält eine Ansprache zum Sommer und teilt Buchpreise aus.

Jenny bekommt zwei Bücher. Eins über Gustav Fröding und eins über das Leben.

Schließlich singen alle »Jetzt kommt der schöne Frühling«.

Dann geht jede Klasse in ihr Klassenzimmer.

Zum letzten Mal versammelt sich die Klasse 6E. Da sind Juha, Lennart, Stefan, Erik, Simon, Fredrik, Markus, Gutte, Roger und Roy. Da sind Jenny, Pia und Eva-Lena, Lena, Cilla, Charlotte, Kattis und Li, Anna G. und Anna O. und Anna E. und Sofi Bodén.

Sechs Jahre lang sind sie gemeinsam aufgewachsen. Jetzt sitzen sie zum letzen Mal gemeinsam auf ihren Stühlen, warten darauf, dass die Klassenlehrerin kommt und die Zeugnisse verteilt und die hässliche Glasvase entgegennimmt, für die die Klasse gesammelt hat.

Ab dem Herbst werden sie auf eine andere Schule gehen, die näher an der Stadt liegt. Dann bekommen sie eine Busfahrkarte und können kommen und fahren, wann sie wollen.

Frei.

Jetzt öffnet sich für sie die Welt.

Juha wird sich nie wieder in der Mittagspause um den vierten Platz am richtigen Tisch sorgen müssen. Der Speiseraum ist verschlossen, das Personal hat Urlaub.

Im Umkleideraum der Turnhalle stehen die Schränke leer und ausgewaschen und warten auf das nächste Schuljahr.

Wen kümmert es jetzt, wer mit wem seinen Schrank geteilt hat?

Die Duschen stehen leer, das Wasser ist abgestellt.

Aufgereiht hängen die Duschhauben, die die Turnlehrerin den Kindern immer zum Duschen auf die Köpfe gedrückt hat.

Fußboden, Wände und Decke sind gescheuert, und ein frischer Duft von Reinigungsmittel hat den Schweiß und die Angst des vergangenen Schuljahres fast völlig verdrängt.

Der Schulhof ist gefegt. Der Kies ist geharkt. Das Völkerballfeld ist leer. Die schwedische Flagge flattert an der Spitze der Fahnenstange. Hier waren die Blutflecken, aber die hat der Regen fortgespült.

Ein einziger Tisch ganz hinten ist leer.

Thomas' Tisch.

– Jetzt komm endlich, du Scheißlehrerin!, schimpft Pia ungeduldig. Also wenn ich in Geschichte keine Eins bekomme, schlag ich sie tot.

Zeugnisse haben sie erst einmal zuvor bekommen. In der dritten Klasse, aber ab jetzt werden sie in jedem Schuljahr ein Zeugnis bekommen.

– Wenn ich nicht in allen Fächern eine Eins bekomme, schlage ich den Rektor tot, kontert Eva-Lena. Aber es ist wohl eher Jenny, die in dieser Klasse die guten Noten absahnt.

Jenny dreht sich um.

– Ja, es ist doch ganz schön, einige Leute loszuwerden!, sagt Pia böse und schaut Jenny direkt in die Augen.

– Wo ist Thomas überhaupt?, fragt Stefan.

– Was interessiert mich das?, antwortete Pia.

Die Klasse verstummt, als die Klassenlehrerin mit einem Stapel brauner Umschläge den Klassenraum betritt.

Sie hat Schluckauf und schaut den Kindern gezwungen freundlich entgegen.

– Also, dann ist jetzt wohl Schluss, sagt sie, versucht zu lächeln, hält sich die geballte Faust vor den Mund, um zu verbergen, dass sie sauer aufstoßen muss.

Eigentlich möchte sie schreien, dass überhaupt nicht Schluss ist, denn in wenigen Monaten fängt alles wieder von vorne an, mit neuen schrecklichen Kindern, und nie kommen die Leute, die sie an die richtige Stelle versetzen.

Aber natürlich schreit sie nicht, sie hat Sodbrennen und fühlt sich schwindelig und von allen verlassen. Sie lächelt sauer.

– Im nächsten Jahr müsst ihr mit dem Bus fahren, um zur Schule zu kommen, fährt sie fort und hickst, und das eine sag ich euch, auf einer weiterführenden Schule kann man sich nicht so schlecht benehmen, wie einige von euch es hier getan haben. Ich will ja keine Namen nennen an so einem feierlichen Tag, ich will nur erwähnen, dass sowohl – hicks – Lennart als auch Juha sich in Acht nehmen müssen, damit das klar ist.

Sie hickst.

– Entschuldigung, ich weiß auch nicht, was heute mit mir los ist.

Sie schlägt sich mit der Faust gegen die Brust.

– Ansonsten war es sehr nett, in dieser Klasse die Klassenlehrerin zu sein, und ich möchte euch allen viel Glück wünschen.

– Es klopft an die Tür. Sie öffnet sich, und herein kommt Thomas' Mama. Die Lehrerin ist verwirrt. Sie hickst. Thomas'

Mama sieht verbissen aus, und sie reibt sich die Hände. Sie ist schwarz gekleidet und ausgelaugt vor Müdigkeit.

– Hat er die Mutter geschickt, um das Zeugnis zu holen?, flüstert Lennart.

– Halt die Klappe, du blödes Schwein!, zischt Pia.

Thomas' Mama nickt den Kindern kurz, aber freundlich zu. Sie gibt der Klassenlehrerin die Hand. Die Klassenlehrerin hickst. Danach dreht Thomas' Mama sich zur Klasse um.

– Zuallererst will ich euch natürlich zu eurem Abschluss gratulieren, beginnt sie milde und langsam, und ich möchte um Verzeihung bitten, dass ich störe …

Ihr Stimme ist sehr dünn und sehr müde.

– … aber ich dachte, ihr sollt wissen …

Sie schließt die Augen, sammelt Kraft, holt tief Atem und fährt fort:

– … denn ich weiß, wie viel ihr alle Thomas bedeutet habt und wie sehr Thomas euch mochte … Ich will euren großen Tag nicht verderben, aber ich hab mir gedacht, dass ihr es trotzdem wissen solltet … dass Thomas …

Thomas' Mama bekommt die letzten Worte nicht heraus. Sie kämpft gegen die Tränen. Die Kinder haben noch nie zuvor in ihrem Leben einen stilleren Augenblick erlebt. Wohin soll man fliehen vor dem erschreckenden Angesicht Gottes? Sie starren auf die Tische. Wie kann man seine Blöße bedecken? Stefan räuspert sich. Er hat etwas im Hals, das sich nicht lösen lässt. Jenny hat Schwierigkeiten zu atmen. Die Klassenlehrerin hickst. Juha starrt leer vor sich hin. Ein Schatten ist über den Raum gefallen wie eine Axt.

Schließlich richtet Thomas' Mutter sich auf und schaut ihnen allen in die Augen.

Ein einziges Mal.

Dann geht sie.

100

Thomas ertrug das Warten nicht mehr. Er wollte sich nicht mehr sehnen. Jetzt wird er nie wieder Angst haben.

Woran sich die anderen erinnern werden, ist, dass am Abend des Abschlusstages ein Sturm heraufzog.

All die hübschen kleinen Gartenpartys, die Sävbyholm organisiert hatte, um die tüchtigen Jungen und Mädchen zu feiern, mussten in die Häuser verlegt werden, und die Sävbyholmer bemitleideten sich und empfanden das nahezu als eine Katastrophe – wo man doch so viel Arbeit und Mühe in die Organisation gesteckt hatte.

Es zieht ein Sturm heran am Horizont.

Hoffentlich wird es ein richtiger Orkan.

101

Auf einem Spielplatz in Sävbyholm spielten Juha, Jenny und Thomas.

Thomas schaukelt. Höher und höher schaukelt Thomas. Thomas hat Angst, denn er schaukelt schnell, aber gleich wird er springen. Diesmal hat er sich geschworen, es zu wagen.

Juha und Jenny rufen ihm zu:

– Spring, Thomas! Spring, Thomas, spring!

Während die Kinder still und brav in ihren Heften rechnen, sitzt die Klassenlehrerin an ihrem Pult und macht einen Persönlichkeitstest.

Er soll ihr sagen, was sie werden soll.

Was sie hätte werden sollen.

Wenn nicht alles schon geschehen wäre.

Die Klassenlehrerin hat Talent. Sie hat Begabung. Sie fühlt sich so unausgelastet.

Sie hat ein blaues Auge. Sie ist wieder gegen eine Tür gestoßen. Behauptet sie jedenfalls.

Die Kinder glauben ihr nicht. Sie kann behaupten, was sie will – es wird gemunkelt, dass ihr Mann sie misshandelt.

In der Welt der Klassenlehrerin wimmelt es von Türen, gegen die man rennt, und jedes Mal bekommt man ein blaues Auge.

Die Klassenlehrerin zählt ihre Punkte im Persönlichkeitstest zusammen und stellt fest, dass sie, genau wie sie es erwartet hatte, eine Künstlernatur ist.

Sie schaut auf die Uhr und sieht, dass es an der Zeit ist, die Stunde zu beenden.

– Also, sagt sie und seufzt, jetzt legen wir die Hefte fort

und beginnen mit der »Lustigen Stunde«. Ich hatte mir gedacht, dass ich heute in der »Lustigen Stunde« aus einem Buch vorlese, wenn nicht jemand anderes –

Juha meldet sich eifrig.

– Ich hab eine Geschichte vorbereitet!

– Ein sehr spannendes Buch, fährt die Lehrerin fort, ohne Notiz von Juha zu nehmen, ein Krimi, er heißt »Zehn kleine Negerlein« und wurde geschrieben von – – Ich hab eine Geschichte!, unterbricht Juha erneut.

– Agatha Christie hat ein Buch geschrieben, zischt die Lehrerin zunehmend gepresst, ihr Gesicht wird rot, es ist schrecklich spannend, und alle sterben ...

– Bitte, bitte, ich hab eine –

– UND DER ARZT IST DER MÖRDER, HABT IHR GEHÖRT, DER ARZT! UND JETZT ERZÄHLT JUHA SEINE GESCHICHTE, UND ICH GEH IN DEN KARTENRAUM UND SAUF MIR DIE HUCKE VOLL!

Mit einer würdevollen Bewegung bringt die Klassenlehrerin ihre Frisur in Ordnung und verlässt den Klassenraum.

Juha geht in Ausgangsposition. Er ist nervös.

– Ich ... ich erzähle von –

– Scheißfinne!, zischt Lennart.

Die Klasse jubelt. Juha lacht. Falsch lacht er, aber er lacht.

– Hahaha! Genau! Ich werde eine Geschichte erzählen von einem Scheißfinnen. Einem verdammten Finnen!

Er lacht erneut und ahmt den finnischen Akzent seiner Mutter nach.

– Pekka war im sechsten Stock in einem neunstöckigen Hochhaus, da fing es an zu brennen, und als das Feuer bis zu ihm gekommen war, riefen wir: »Spring, Pekka, spring, Pekka, kein Problem, wir haben das Sprungtuch ausgebreitet!« Aber Pekka hat sich nicht getraut zu springen und lief hinauf in den siebenten Stock, und als das Feuer dorthin gekommen war, riefen wir: »Spring, Pekka, spring, Pekka, kein Problem, wir haben das Sprungtuch ausgebreitet!« Aber Pekka hat sich nicht getraut zu springen und lief in den achten Stock, und als das Feuer dahin gekommen war, riefen wir: »Spring, Pekka, spring, Pekka, kein Problem, wir haben das Sprungtuch ausgebreitet! Spring, Pekka! ...«

Am zehnten Juni des Jahres, in dem Juha fünfzehn Jahre alt wird, wird er am Bahnhof in Sävbyholm in den Zug steigen und Sävbyholm verlassen, um nie wieder zurückzukehren. Er hat nur einen Rucksack dabei, eine Zahnbürste, Wäsche für ein paar Tage, einen Radioapparat und das Buch »Best Jokes for Every Occasion«.

Thomas schaukelt. Juha und Jenny singen:

Mach dich auf, blauer Vogel
flieg, so weit es geht
Mach dich auf, mach dich auf
Wohin der Wind dich weht.

Thomas schaukelt höher und höher. Er bereitet sich auf den Sprung vor, sammelt Mut, holt Schwung, holt Schwung ...

– aber Pekka hat sich nicht getraut zu springen, also lief er hoch in den neunten Stock, und als das Feuer dorthin gekommen war, riefen wir: »Spring, Pekka, spring, Pekka, kein Problem, wir haben das Sprungtuch ausgebreitet! Spring, Pekka« – und Pekka springt ...

... und springt!

– und Scheiße, was haben wir gelacht, denn wir hatten gar kein Sprungtuch ausgebreitet!

Juha ist fertig. Es ist mucksmäuschenstill im Klassenzimmer. Eisige Stille. Juha schaut seine Klassenkameraden an und weiß, dass er verloren hat.

Und dann beginnt Thomas plötzlich zu lachen.

Er kann es nicht sein lassen. Er kann nicht aufhören.

Ein wahnsinniges, schrilles, hysterisches, durchgedrehtes Lachen.

Wie das schreiende Wiehern eines Pferdes, das zur Schlachtbank geführt wird.

102

Der Engel wandert durch Sävbyholm. Kein Mensch ist zu sehen. Als seien alle tot.

Alle Geräusche sind verstummt. Wie verschluckt. Der Wind fährt durch das weiße Gewand des Engels. Seine Flügel hat er angelegt.

Er ist auf dem Weg fort von hier. Fort von Sävbyholm. Er wandert über das offene Feld zwischen der alten und der neuen Schnellstraße. Durch das hohe Gras.

Ich renne, um ihn einzuholen, komme näher und erreiche ihn. Der Engel dreht mir den Kopf entgegen, um mir Frieden zu geben. Zum ersten Mal sehe ich sein Gesicht.

Er hat kein Gesicht. Keine Augen, keine Nase, keine Lippen. Nur ein glattes Nichts.

Wie ungeformter Ton.

In dem Ton ein Loch, der Mund des Wesens.

Der Mund öffnet sich und lacht.

Es ist dein Lachen, das aus dem Mund des Engels kommt, Thomas, dein schrilles, hysterisches Lachen, das du nie kontrollieren konntest.

Erinnerst du dich an die Vertretungslehrerin, die wir einmal hatten, sie hatte ihrer Tochter beigebracht, dass sie lachen soll statt zu weinen, wenn etwas Trauriges passiert, aber erst als ihr Hund vom Zug überfahren wurde und sie ihre Tochter lachend auf dem Bahnsteig fand, verstand sie, dass es falsch gewesen war.

Es ist dein Lachen und das Lachen des Publikums. Es geht ineinander über. Ich kann es nicht zuordnen.

Vorne auf der Bühne stehe ich, einsam im Spotlight. Die

Vorstellung ist zu Ende. Mein T-Shirt ist schweißnass. Mein Haar klebt am Kopf. Ich habe alles gegeben.

Ich sage: Ich bin Juha Lindström, und ich möchte, dass ihr mich liebt!

Und ihr lacht!

Ich sage: Umarmt mich und flüstert mir ins Ohr, dass ich gut bin.

Und ihr lacht!

Sävbyholm liegt dort, wo es immer gelegen hat, ungefähr zehn Kilometer außerhalb der Stadt.

Unverändert, unbeeinflusst, verschlossen wie eh und je. Es hat vor langer Zeit jede Erinnerung an uns ausradiert.

Sävbyholm atmet nicht, bewegt sich nicht, es ruht nach dem Essen.

Es ist, als würde Sävbyholm warten, nicht auf irgendetwas Besonderes – es wartet einfach nur. Es wartet seine Zeit ab, aber nicht, um sie für irgendetwas zu verschwenden – es frisst die Zeit, um fetter, älter und wohlhabender zu werden – für etwas anderes braucht es die Zeit nicht.

Sävbyholm ist aufgebläht und üppig, in allem sich selbst genug.

Dort leidet niemand einen Mangel. In den Häusern liegen die Menschen auf dem Bauch, ein Kissen vor dem Mund, und schreien.

Draußen ist es nicht zu hören, also muss niemand zugeben, dass es wirklich so ist.

Aber es ist wahr. Sie schreien.

Sävbyholm ist ein bösartiger Drache, der die Sävbyholmer als Geiseln und Sklaven genommen hat. Die Sävbyholmer werden gezwungen, den Rasen zu sprengen, Kieswege zu harken und Laub zu verbrennen und den eitlen Drachen mit allen Mitteln sauber und ordentlich zu halten, und keinem können sie ihr Leid klagen.

So ist Sävbyholm, und es liegt dort, wo es immer gelegen hat. Würde ich hinuntergehen zur U-Bahn-Station, bis zur technischen Hochschule fahren und dort am Östra-Bahnhof in den Zug nach Norden steigen, wäre ich in einer halben Stunde dort.

Zurück.

Aber ich fahre nie hin, obwohl es so nahe liegt.

Denn Sävbyholm ist das Paradies. Dorthin darf ich nicht mehr zurückkehren. Sävbyholm verzeiht seinen Verrätern nicht.

Und die Obstbäume beugen genussvoll ihre Zweige über die Gartenzäune, das Gras wächst fett und fruchtbar, die Vögel singen in den Büschen, und der Rhododendron blüht noch nicht, erst wenn die Hausbesitzer in Urlaub gefahren sind, aber dann wird er wochenlang blühen, mein Lieber.

Verzeih mir.

Dein Freund Juha

103

Wenn man in Sävbyholm an den richtigen Stellen nach rechts und nach links abbiegt und ein wenig bergauf und bergab fährt, kommt man irgendwann in Juhas und Jennys Straße. Juhas Haus und Jennys Haus liegen so dicht beieinander, dass die Kinder an den Wohnzimmerfenstern stehen und einander zuwinken können.

Hat man Glück, kommt man genau in dem Augenblick, wenn die Straßenlaternen mit einem plötzlichen Knacken angeschaltet werden und sich dann langsam mit einem brummenden rosa Licht aufwärmen – und in diesem Augenblick erzittert Sävbyholm still, und entlang seines Rückgrats läuft ein wohliger Schauer.

Es ist ein milder, windstiller Maiabend. Es ist ziemlich spät. Der Tag geht langsam zur Neige, verschwindet in sehnsüchtigem Blau, und richtig Nacht wird es fast nicht mehr.

Juha und Jenny spielen mit Thomas und Juhas Schwester Marianne. Sie lachen und schreien.

Wie heißt das Spiel? Wer dran ist, wirft den Tennisball auf die Erde, fängt ihn wieder auf und ruft stopp. Dann dürfen die anderen nicht mehr weiterlaufen. Dann muss derjenige, der dran ist, jemanden auswählen und versuchen, näher an ihn heranzukommen, indem er ein Steinchen auf den Fuß legt und diesen so weit wie möglich wegschießt, drei Schritte geht, ausspuckt und sich dorthin stellt, wo die Spucke landet – und schließlich versuchen, den Ball durch die ausgestreckten Arme des Ausgewählten zu werfen.

Halli-Hallo.

So heißt das Spiel, und man kann es unendlich lange spielen.

Zumindest so lange, bis Ritva das Fenster öffnet und sie hereinruft, weil es langsam Zeit ist, ins Bett zu gehen.

– Noch nicht. Wir wollen noch ein bisschen spielen.

– Marianne auf jeden Fall!, ruft Ritva, und ihre Stimme hallt über Sävbyholm: Sofort!

– Ich muss jetzt wohl auch nach Hause, sagt Thomas.

– Noch nicht!, bittet Jenny.

Nur noch ein bisschen.

– Nur ein paar Minuten!, bittet Juha.

– Mama wird verrückt, wenn ich nicht bald komme, sagt Thomas, ihr wisst, wie sie ist.

Jenny und Juha nicken und seufzen. Natürlich wissen sie, wie Mütter sind.

Jennys Vater öffnet die Tür, der Hund schleicht sich hinaus.

– Jenny!, ruft er. Komm jetzt rein! Buster! Buster!

Der Hund hat etwas gesehen und bellt.

– Hierher, Buster! Verdammt, Buster!

Jennys Vater gibt auf, pafft an seiner Pfeife, murmelt Scheißhund! und geht wieder ins Haus.

– Aber wir sehen uns morgen, sagt Thomas.

– Und übermorgen, sagt Juha.

– Und überübermorgen, sagt Jenny.

– Und an allen anderen Tagen!, sagt Thomas.

Sie gehen ihrer Wege. Juha dribbelt mit dem Ball, während er zum Haus geht. Marianne ist schon vorgelaufen. Hinter dem Wald geht trotz allem die Sonne unter. Sie ist warm und orange. Der Himmel ist blass wie Silber.

Kräftig wirft Juha den Ball auf die Erde und ruft: Halli-Hallo, der Ball fliegt hoch, hinauf ins Blaue!

Der Ball fliegt in einem hohen Bogen durch die Luft, und Juha streckt glücklich die Arme empor, um den schönsten Wurf seiner Kindheit aufzufangen.

104

Alles werden wir vergessen, und alles werden wir verlieren.

Und eines Tages, aber nicht heute, zeige ich dir die heimliche Grotte, den sprudelnden Bach, den ich als Kind nicht fand.

Über das Buch:

Der zwölfjährige Juha Lindström lebt mit seinen Eltern und seiner kleinen Schwester Marianne in einem Vorort von Stockholm. Da seine Eltern ständig streiten und in der Schule ein harter Kampf um die Gunst von drei Jungs tobt, die in der Klasse das Sagen haben und alle unterdrücken, die nicht nach ihrer Nase tanzen, sucht Juha oft Zuflucht bei seiner Klassenkameradin Jenny, die wie er nicht dazugehört.

Doch Juha will dazugehören. Er spielt den Clown, vor allem in der »Lustigen Stunde«, in der die Kinder Witze erzählen und Sketche aufführen können, und versucht so Aufmerksamkeit und Anerkennung zu finden. Als Juha zwischen die Fronten gerät und sich entscheiden muss, auf welcher Seite er wirklich steht, spitzen sich die Ereignisse dramatisch zu.

Jonas Gardell ist ein auf der Oberfläche amüsanter und leichtfüßiger, doch im Kern tieftrauriger und erschreckender Text gelungen, der zeigt, wie es ist, ein Feigling zu sein. In Schweden ist Gardell ein gefeierter Comedian und Autor, der auch einem deutschen Kabarettpublikum bereits bekannt ist. Seine schriftstellerische Meisterschaft zeigt dieser Roman auf eindringliche und gleichzeitig unterhaltsame Weise.

Der Autor:

Jonas Gardell, 1963 geboren, gehört seit Jahrzehnten zu den bekanntesten Prosa- und Theaterautoren Schwedens und ist einer der prominentesten Comedians Skandinaviens. Gastspiele u.a. in Lübeck und Berlin. »Ein Komiker wächst heran« erschien 1993 in anderer Übersetzung unter dem Titel »Die lustige Stunde«.

KiWi
786